Tucholsky Wagner Zola Scott Sydow Freud Schlegel
Turgenev Wallace Fonatne
Twain Walther von der Vogelweide Fouqué Friedrich II. von Preußen
Weber Freiligrath Frey
Kant Ernst
Fechner Weiße Rose von Fallersleben Frommel
Fichte Richthofen
Engels Fielding Hölderlin
Fehrs Eichendorff Tacitus Dumas
Faber Flaubert
Eliasberg Ebner Eschenbach
Maximilian I. von Habsburg Fock Zweig
Feuerbach Eliot
Ewald Vergil
Goethe Elisabeth von Österreich London
Mendelssohn Balzac Shakespeare Dostojewski Ganghofer
Lichtenberg Rathenau Doyle Gjellerup
Trackl Stevenson Hambruch
Mommsen Tolstoi Lenz Droste-Hülshoff
Thoma Hanrieder
Dach von Arnim Hägele Hauff Humboldt
Verne
Reuter Rousseau Hagen Hauptmann Gautier
Karrillon Garschin
Defoe Baudelaire
Damaschke Hebbel
Descartes Hegel Kussmaul Herder
Wolfram von Eschenbach Dickens Schopenhauer Rilke George
Darwin Grimm Jerome
Bronner Melville Bebel Proust
Campe Horváth Aristoteles Voltaire Federer Herodot
Bismarck Vigny Barlach
Gengenbach Heine
Storm Casanova Tersteegen Grillparzer Georgy
Chamberlain Lessing Langbein Gilm Gryphius
Brentano Lafontaine
Strachwitz Claudius Schiller Kralik Iffland Sokrates
Schilling
Katharina II. von Rußland Bellamy Raabe Gibbon Tschechow
Gerstäcker
Löns Hesse Hoffmann Gogol Wilde Vulpius
Luther Heym Hofmannsthal Gleim
Roth Klee Hölty Morgenstern Goedicke
Heyse Klopstock Kleist
Luxemburg Puschkin Homer Mörike
La Roche Horaz Musil
Machiavelli Kraft Kraus
Navarra Aurel Musset Kierkegaard
Nestroy Marie de France Lamprecht Kind Kirchhoff Hugo Moltke
Laotse Ipsen Liebknecht
Nietzsche Nansen
Marx Ringelnatz
von Ossietzky Lassalle Gorki Klett Leibniz
May vom Stein Lawrence Irving
Petalozzi Knigge
Platon Kafka
Pückler Michelangelo Kock
Sachs Poe Liebermann
de Sade Praetorius Mistral Zetkin Korolenko

Der Verlag tredition aus Hamburg veröffentlicht in der Reihe **TREDITION CLASSICS** Werke aus mehr als zwei Jahrtausenden. Diese waren zu einem Großteil vergriffen oder nur noch antiquarisch erhältlich.

Symbolfigur für **TREDITION CLASSICS** ist Johannes Gutenberg (1400 — 1468), der Erfinder des Buchdrucks mit Metalllettern und der Druckerpresse.

Mit der Buchreihe **TREDITION CLASSICS** verfolgt tredition das Ziel, tausende Klassiker der Weltliteratur verschiedener Sprachen wieder als gedruckte Bücher aufzulegen – und das weltweit!

Die Buchreihe dient zur Bewahrung der Literatur und Förderung der Kultur. Sie trägt so dazu bei, dass viele tausend Werke nicht in Vergessenheit geraten.

Volkstümliche Redekunst

Erfahrungen und Ratschläge

Adolf Damaschke

Impressum

Autor: Adolf Damaschke
Umschlagkonzept: toepferschumann, Berlin

Verlag: tredition GmbH, Hamburg
ISBN: 978-3-8424-8906-6
Printed in Germany

Aus dem Vorwort zum 1. Tausend.

Die »Ratschläge« dieses Büchleins haben etwas voraus vor allen anderen ähnlicher Art. Sie können sich auf so reiche und vielgestaltige Erfahrungen stützen wie in deutscher Sprache bisher wohl noch keine; habe ich in den letzten 25 Jahren doch mehr als 2000mal »volkstümliche Redekunst« in der Praxis anzuwenden gehabt.

In der Redekunst ist der Wille zur Tat das Entscheidende. Ihn nicht ersticken und lähmen, sondern wecken und stärken ist die wichtigste Aufgabe. Alle Vorschriften schematischer und abstrakter Art sind deshalb vom Übel. Ratschläge, die wirklich helfen sollen, müssen den geraden Weg in die lebendige Praxis weisen. Sie werden das um so besser können, je unmittelbarer sie selbst aus der Praxis geschöpft sind.

Ich habe deshalb mit Bewußtsein manche Proben aus meinen Reden genommen mit all der Einseitigkeit, aber auch der Bestimmtheit, die eben nur Teile wirklicher Reden bieten. Auch diejenigen, die auf anderen Gebieten zu reden berufen sind, werden, wie ich hoffe, solchen konkreten Beispielen mehr entnehmen können als allgemeinen theoretischen Ausführungen.

Auf allen Gebieten des öffentlichen Lebens stehen wir mitten drin im entscheidungsvollen, geistigen Ringen. Da wird es die Pflicht eines jeden, der in solchen Tagen nicht tatenlos hinter dem Ofen sitzen will, sich stark zu machen, seine Überzeugung auch mit den Waffen des Wortes zu vertreten. Und denen von ihnen, die es ehrlich meinen, möchte dieses Büchlein in Arbeit und Kampf eine Hilfe sein.

Berlin, Lessingstraße 11, 5. Mai 1911.

Zum 58. Tausend.

Die verhältnismäßig schnelle Verbreitung dieses Büchleins läßt mich annehmen, daß seine »Erfahrungen und Ratschläge« gerade in ihrer Beschränkung auf die lebendige Praxis vielen willkommen sind. Ich habe deshalb wohl einzelnes verbessert und ergänzt, aber an dem Wesen des Buches nichts geändert.

Seit seinem Erscheinen ist die Macht des lebendigen Wortes jäh gestiegen. Je größer sie wird, desto größer wird auch die Gefahr seines Mißbrauchs. Auf der einen Seite können mächtige Sonderinteressen sich Begabung auf diesem Gebiete kaufen, auf der anderen unreifer Eifer schweren Schaden schaffen. Unser Volk muß lernen, die Geister zu scheiden. Das kann man nicht im Lärm erregter Tage. Auch hier ist die Geschichte die einzige Richterin, die selbst durch Augenblickssiege nicht bestechlich ist. Ich habe deshalb als eine notwendige Ergänzung dieses Buches ein zweites geschrieben: *»Die Geschichte der Redekunst.«* Eine erste »Einführung« (320 Seiten, Verlag Gustav Fischer, Jena 1921). Sie will zeigen, welcher Art die Redner waren, welche ihrem Volk gedient, und welcher Art die, die ihm geschadet haben. Durch welche Mittel hat das Volk sich täuschen und die besten seiner Redner verderben lassen? Was lehren die Erfahrungen der Vergangenheit für die Pflichten der Gegenwart?

Auf dem Gebiet der Redekunst ein sicheres Urteil erwerben und sich selbst die Fähigkeit, für seine Gedanken in großen und kleinen Kreisen mit seinem Worte einzustehen: das ist nicht eine Liebhaberei, die heut der einzelne treiben oder lassen kann, das ist eine staatsbürgerliche Pflichterfüllung, an der ein Stück Zukunft unseres Volkes hängt!

Berlin, Lessingstraße 11, 4. November 1923.

A. Damaschke.

I. Von der Bedeutung der Redekunst

Das Wort Redekunst (Rhetorik) weckt unwillkürlich zwei Namen der Vergangenheit: *Demosthenes* und *Cicero*.

Demosthenes – wir sehen Athen vor uns in seiner Herrlichkeit mit seinen Volksgerichten und Volksversammlungen, in denen die Entscheidung über Freiheit und Ehre, über Krieg und Frieden wesentlich auch von dem Wort der Redner abhängig ist. Wie hoch die Kunst der Rede geschätzt war, zeigt unserm rechnenden Zeitalter mehr als anderes die Tatsache, daß *Isokrates*, ein älterer Zeitgenosse des Demosthenes, der als ein guter Lehrer der Rhetorik galt, jeweilig bis 100 Schüler zählte, trotzdem er von jedem ein Honorar von 1000 Drachmen (etwa 780 Goldmark) forderte, und daß derselbe Meister des Wortes für das Ausarbeiten einer Rede von dem Fürsten Nikokles auf Cypern ein Honorar von 20 Talenten (etwa 94000 Goldmark) erhielt.

Cicero – das Forum Roms wird vor uns lebendig. Die Entscheidung des nie ruhenden Kampfes zwischen Volkspartei und Optimaten und das Schicksal unterworfener Länder und Fürsten hing zum großen Teil an der Redekunst ihrer Wortführer. Erfolgreich öffentlich reden war die Voraussetzung jedes Erfolges in der Republik. »Zwei Eigenschaften«, urteilt *Cicero*, »vermögen einem Menschen höchstes Ansehen zu verleihen: Feldherrnkunst und Beredsamkeit«.

Aber die Namen der beiden großen Redner wecken nicht nur Gedanken an Erfolg und Triumph, sondern auch an Verantwortung und Gefahr. Der Redner tritt in die vorderste Reihe der Kämpfenden. Dankt ihm dafür innere Befriedigung und vielleicht – aber ach, wie selten! – auch die Anerkennung derer, für deren Recht und Zukunft er eintritt, so trifft ihn doch auch zuerst und am schärfsten die Feindschaft der Gegner.

Demosthenes rief Athen auf zum Kampfe für hellenische Freiheit gegen die drohende Herrschaft der Makedonier. Als das Schlachtenglück endgültig für Makedonien entschieden hatte, war der gefürchtete Redner der erste, der geächtet wurde. Der meerumrauschte Poseidon-Tempel auf *Kalauria*, in den er sich geflüchtet hatte, wurde von feindlichen Söldnern umstellt. Nach seinem letzten bitteren Wort blieb dem großen Redner »keine Freistatt als der Tod«, in den ihn das in seinem Schreibrohr vorsorglich bewahrte Gift denn auch vor seiner Gefangennahme führte (16. Oktober 322 v. Chr.).

Cicero setzte nach der Ermordung *Cäsars* seine Redekunst für die Aufrechterhaltung der Republik ein. Als nach kurzem Schwanken das zweite Triumvirat die Herrschaft an sich riß, wurde *Cicero* von einem Häscher, dem einst seine Beredsamkeit das Leben gerettet hatte, auf der Flucht getötet (7. Dezember 43 v. Chr.). Der Kopf des großen Redners wurde mit dem Doppelten des für die Geächteten ausgesetzten Preises bezahlt und auf derselben Tribüne triumphierend ausgestellt, von der einst seine so viel bewunderten Worte ertönt waren.

Die »herrschaftgebende, seelenbezwingende« (Cicero) Redekunst hat stets Macht gegeben über die Menschen. Wer solche Macht ausübt, aber muß sich dessen immer bewußt bleiben, daß jede Macht über lebende Menschen schwere Verantwortung auflegt und voll von Gefahren ist.

Am Wendepunkt von Roms Geschicken steht die große Rede an der Leiche Cäsars, durch die *Antonius* den letzten Vertretern der Republik die Frucht ihres Mordes entriß. *Shakespeares* Genie hat uns diese Rede in seinem »Julius Cäsar« wieder aufgebaut und gezeigt, in welchem Maße klug gewählte Worte das Empfinden und den Willen eines Volkes zu lenken vermögen.

Mit der Freiheit sank in *Rom* wie einst in *Athen* die Redekunst. Trotzdem versprach sie auch unter den Cäsaren mehr noch als jede andere bürgerliche Kunst Ehre und Gewinn. Aus der Reihe der Rhetoren pflegten die Kaiser die Geheimschreiber und die einflußreichsten Beamten zu wählen.

Die Rhetorik wurde die erste Wissenschaft, für deren Pflege das römische Reich Staatsmittel aufwandte. Der treffliche Fabius *Quintilianus* (35–95 n. Chr.) wurde von Kaiser *Vespasian* als Lehrer der Beredsamkeit in Rom gegen hohes Gehalt angestellt und erhielt sogar das Recht, konsularische Abzeichen zu tragen. Die Kaiser

Hadrian und *Antoninus Pius* räumten den Rhetoren besondere Vorrechte ein, wie Befreiung von lästigen Ämtern und vom Kriegsdienst, sowie Erlaß von Steuern. Die berühmtesten Rednerschulen waren die von *Rom, Athen* und *Rhodus;* außerdem kennen wir noch besonders stark besuchte Schulen in *Karthago, Cordova, Autun, Marseille, Narbonne, Bordeaux, Toulouse, Rheims und Trier. –*

Wie verlockend die Laufbahn eines Lehrers der Rhetorik noch am Ausgang des Reichs war, zeigt das Leben des heiligen *Augustinus.* Als er an aller Gewißheit menschlichen Erkennens verzweifelte, erwählte er diesen Beruf, weil er die glänzendste Zukunft verhieß.

Äußere Ehrung aber verhinderte nicht in der Luft der Knechtschaft das Verkümmern der Redekunst zu müßiger Spielerei. Schon im zweiten Jahrhundert nach Christus hören wir von dem gefeiertsten Vertreter der Rhetorik *Cornelius Fronto* Lobreden auf den Staub, auf den Rauch, auf die Nachlässigkeit und ähnliche Nichtigkeiten!

Will niedriger Inhalt prunken, braucht er äußere Mache: gekünstelte Worte, berechnende Faltenwürfe der Toga, vorgeschriebene Farbe des Gewandes zu den einzelnen Reden. Jede Handbewegung hatte ihre Gesetze. Als schwerer Verstoß galt es z. B., Arm und Fuß derselben Seite zu gleicher Zeit zu bewegen. Selbst als unter der Gottesgeißel der Völker, *Attila,* die Hunnen ihre Rosse im Po tränkten, schrieben in Rom noch gelehrte Rhetoriker Abhandlungen über den korrekten Bau künstlicher Perioden.

Wir wissen aus der Geschichte der Nationalökonomie, daß ein falsches Bodenrecht den Untergang des Weltreichs herbeiführen mußte. Wenn aber die großen Entscheidungen der Völker über Aufgang und Niedergang fallen, dann verfliegt alles Wurzellose, und sei es noch so künstlich aufgebaut, wie Spreu im Sturm.

In den Klosterschulen des Mittelalters behauptete die Rhetorik einen hervorragenden Platz, sie gehörte unter den sieben freien Künsten, die hier gelehrt wurden, neben der Dialektik und Grammatik zu dem Dreiweg, der an der Spitze stand. Mehr und mehr aber beschränkte sich die Redekunst auf den geistlichen Stand. Welche gewaltigen Wirkungen kirchliche Beredsamkeit auslösen konnte, offenbart das »Gott will es!« der Kreuzzüge.

Als nach diesem großen Ringen des Abend- und des Morgenlandes in Italien wieder reiche Städterepubliken aufblühten, wie *Venedig, Genua, Mailand, Florenz*, als durch die Berührung mit dem goldenen *Byzanz* viele Schätze alter Bildung wieder erschlossen wurden, da erlebte auch die Redekunst eine »Renaissance«, die aber mit der Freiheit der Bürger bald wieder versank.

Aus den wirtschaftlichen und religiösen Übergangsstürmen stieg das Zeitalter des *Merkantilismus* empor, das für das Festland zugleich das Zeitalter des unumschränkten Fürstentums war. In ihm blieb natürlich wenig Raum zur Entfaltung der Beredsamkeit. Der berühmte Erzbischof *Fénelon* von Cambrai beschränkt sich in seinen »Gesprächen über die Beredsamkeit« im wesentlichen auf die Kanzelberedsamkeit, weil das gesprochene Wort nicht mehr die Rolle spielen könne wie im Altertum, da die großen Entscheidungen jetzt im Rate der Fürsten getroffen würden.

Auf denselben Grund weist *Goethe* hin, als er über *Galls* Erklärung, seine Schädelbildung beweise, daß er zum Volksredner geboren sei, erschrickt: »da sich bei meiner Nation nichts zu reden fand«.

Die Untertanen waren eben zu schweigendem Gehorsam verpflichtet. Es ist mehr als ein Zufall, daß am Ende dieses Zeitalters nach der Schlacht bei Jena der Gouverneur von Berlin in seiner Proklamation als letzte Weisheit verkündet: » *Ruhe* ist die erste Bürgerpflicht«.

Erst das moderne Verfassungsleben mit seinen Wahlkämpfen und parlamentarischen Auseinandersetzungen hat die Bedeutung der Redekunst wieder allgemein erkennen lassen.

England, die Wiege des Parlamentarismus, zeigt deshalb auch die ersten großen Reden moderner Prägung. *Cromwells* düstere Reden sind in der Schicksalsstunde der *Stuarts* schwer ins Gewicht gefallen. Nur hervorragende Redner, wie *Pitt* und *Fox, Peel, Disraëli, Gladstone* usw. konnten im parlamentarischen England die Leitung der Staatsgeschäfte erlangen und behaupten.

Und welche Macht hat die Redekunst ausgeübt – von *Mirabeau* bis *Napoleon* – als die *französische* Umwälzung dem Verfassungsleben auch auf dem Festland Bahn brach.

Von dieser Zeitwende an wird nun auch in unserem Volke das *gesprochene* Wort immer mehr wieder als Macht erkannt, wenn es auch nicht mehr so ausschließlich wie im Altertum das öffentliche Leben beherrschen kann, weil das *gedruckte* Wort in Büchern, Zeitschriften und namentlich in der Tagespresse dazugetreten ist.

Aber doch wird in den Kämpfen um die Gewinnung der öffentlichen Meinung, um die Mandate in den gesetzgebenden Körperschaften, in den Selbstverwaltungsorganen, in den Berufsorganisationen kaum jemand das gesprochene Wort entbehren können.

Gerade aber weil die Redekunst in unserer Zeit eine schnell steigende Bedeutung gewinnt, soll daran erinnert werden, daß ernste Stimmen zu allen Zeiten solche Entwicklung als einen Beweis der Entartung und des Verfalls bezeichnet haben.

Schon *Tacitus* um 100 n. Chr. läßt sein »Gespräch über die Redner« ausklingen:

»Wenn ein Staat gefunden würde, in welchem niemand sich verginge, so wäre der Redner unter den Unschuldigen genau so überflüssig, wie es der Arzt unter Gesunden ist. So wie die ärztliche Kunst am wenigsten Anwendung und am wenigsten Ehre bei den Völkern findet, welche die dauerhafteste Gesundheit und den vollkommensten Körper haben, so ist auch der Ruhm der Redner am geringsten und am wenigsten glänzend unter gut gesitteten und zum Gehorsam gegen die Regierung willigen Menschen. Denn wozu bedarf es langer Meinungsdarlegungen, wenn die Besten schnell einig werden? Wozu vieler Reden vor dem Volke, wenn über das Gemeinwesen nicht Unerfahrene, sondern nur die Weisesten Rat geben?«

Etwa 1500 Jahre später urteilt in Frankreich *Michel de Montaigne* in seinem »Versuch über die Eitelkeit der Worte«:

»Die, so die Frauen verhüllen und schminken, richten geringeren Schaden an; denn es ist wenig daran verloren, diese nicht in ihrem natürlichen Zustande zu sehen, während die Redekünstler sich darauf verlegen, nicht unsere Augen, sondern unseren Verstand zu täuschen und das Wesen der Dinge zu fälschen und zu verderben. Die Staaten, die sich in einem geregelten und gesitteten Zustande erhalten haben, wie der kretische oder der lakedämonische, haben die Redner nicht sonderlich in Ehren gehalten. ... Die Mohammedaner verbieten, ihre Kinder in der Redekunst zu unterrichten.

Nur in Staaten, wo das Volk, wo die Unwissenden, wo alle alles vermochten, wie in Athen, Rhodus und Rom, und wo die Dinge fortwährend im Sturm waren, da haben die Redner gewuchert ...

Es scheint, daß die Staaten, die von einem Monarchen abhängig sind, ihrer weniger bedürfen als die anderen. Die Dummheit und der Leichtsinn, der sich bei der Menge findet, und sie geeignet macht, bei dem süßen Klang des Wohllauts an den Ohren herumgeführt zu werden, ohne daß sie dazu käme, die Wahrheit der Dinge mit Hilfe der Vernunft abzuwägen – dieser Leichtsinn findet sich nicht so ohne weiteres bei einem Einzelnen, und es ist auch leichter, ihn durch gute Ratschläge gegen dieses Gift zu schützen.«

An der Schwelle der Neuzeit um 1850 erhob in England *Thomas Carlyle* seine warnende Stimme. Wohl erkennt auch dieser mächtige Gewissenswecker die Größe wahrer Beredsamkeit:

»Wenn die Sprache die Banknote für ein inwendiges Kapital an Bildung, an Einsicht und edlem menschlichen Werte ist, dann ist die Sprache wertvoll und die Kunst der Rede soll geehrt werden! ... Als die letzte Vollendung der Erziehung und der menschlichen Kultur, menschlichen Wertes und menschlicher Errungenschaften angesehen, ist die Kunst der Rede edel und sogar *göttlich*.«

Aber gegen die Gefahren, die aus einem Überwuchern bloßen Worttums erwachsen müssen, wendet sich Carlyle mit geradezu wilder Leidenschaft. In seinen Flugschriften »Aus elfter Stunde« findet sich auch eine Abhandlung »Volksredner«, in der er die Jugend seines Volkes mahnt:

»Werde kein öffentlicher Redner, Du tapferer junger Brite, der Du jetzt etwas werden willst! Werde kein Volksredner, wenn Du es vermeiden kannst! ... Liebe das Schweigen mehr als das Reden in diesen tragischen Zeiten, in denen durch vieles Sprechen die Stimme des einen Menschen dem anderen unverständlich geworden ist, in denen die Herzen inmitten dieses lauten Geschwätzes sich dunkel und stumm gegenüberstehen!«

Mit bitterem Spott übergießt er die Überschätzung glatter Worte in allen Berufen:

»Mit geschickter Annehmbarkeit seine Zunge wackeln zu lassen: das ist für menschlichen Wert und menschliche Fähigkeit in unserem England des 19. Jahrhunderts der einzige Weg zur Auszeichnung, einen anderen gibt es nicht. Die Stimme ist der Gott dieses Weltalls.«

Immer neue Wendungen findet er, um die Gefahren der Redekunst zu zeichnen:

»Je länger wir über diese »Kunst der Rede« nachdenken, desto erstaunlicher und beunruhigender werden wir sie finden. Ich halte sie für den traurigsten aller Flüche, die jetzt schwer auf uns liegen. Mit Schrecken und Bestürzung bemerkt man, daß diese vielgefeierte »Kunst« der Hauptzerstörer alles Guten ist, indem sie sanft und schnell alles entstehende Gute wie unter der Glasglocke der Luftpumpe einschließt, so daß es dort ersticken und sterben muß. Sie ist die große Ur-Fabrik des Bösen für uns – sozusagen die Werkstätte, wo alle Ware des Teufels, die unter der Sonne kreist, den letzten Schliff und die letzte Politur erhält! ... Alle Menschen liegen ergeben auf den Knien, verehren den gewandten Redner, und niemand weiß, was für ein skandalöser Götze er ist. Mich erfüllt dieser »ausgezeichnete« Volksredner mit Schrecken. Den Armen und Unglücklichen, die auf ihn hören wie auf eine Stimme des Kosmos, ist er ein Mundstück des Chaos. Seine Windharfentöne sind wirklich nicht ganz leer; sie sind voll Prophezeiungen – sie verkünden mir nur zu hörbar, daß das Ende vieler Dinge herannaht!« –

Unter den Führern des deutschen Geisteslebens, die der Redekunst mit Mißtrauen gegenüberstehen, ist besonders *Kant* zu erwähnen. In seiner »Kritik der Urteilskraft« führt er aus:

»Ich muß gestehen, daß ein schönes Gedicht mir immer ein reines Vergnügen gemacht hat, anstatt daß die Lesung der besten Rede eines römischen Volks- oder jetzigen Parlaments- oder Kanzelredners jederzeit mit dem *unangenehmen Gefühl der Mißbilligung einer hinterlistigen Kunst* vermengt war, welche die Menschen als Maschinen in wichtigen Dingen zu einem Urteil zu bewegen versteht, das im ruhigen Nachdenken alles Gewicht bei ihnen verlieren muß. Beredheit und Wohlredenheit (zusammen Rhetorik) gehören zur schönen Kunst, aber Rednerkunst (*ars oratoria*) ist, als Kunst, sich der Schwächen der Menschen zu seinen Absichten zu bedienen (diese mögen immer so gut gemeint oder auch wirklich gut sein, als sie wollen), gar keiner Achtung würdig. Auch erhob sie sich nur sowohl in Athen als in Rom zur höchsten Stufe zu einer Zeit, da der Staat seinem Verderben zueilte und wahre patriotische Denkungsart erloschen war.«

Aber der große deutsche Philosoph urteilt zu gewissenhaft, um nicht neben der Gefahr der Entartung der Redekunst auch die Bedeutung ihrer rechten Art zu erkennen. Das bezeugen die Worte, die unmittelbar folgen:

»Wer bei klarer Einsicht in Sachen der Sprache deren Reichtum und Reinigkeit in seiner Gewalt hat und bei einer fruchtbaren zur Darstellung seiner Ideen tüchtigen Einbildungskraft lebhaften Herzens Anteil am wahren Guten nimmt, ist der » *vir bonus dicendi peritus*«, der *Redner ohne Kunst, aber voll Nachdruck,* wie ihn Cicero haben will, ohne doch diesem Ideal selbst immer treu geblieben zu sein.« –

Niemand, der die Geschichte kennt, wird die Gefahren gering schätzen, die darin liegen, daß für Tagesruhm und Geld auch gewandte Redner jederzeit zu kaufen sind. Ein Blick auf das Schicksal der *Gracchen* im alten Rom zeigt, wieviel in Schicksalsstunden eines Volkes durch käufliche Redner verdorben werden kann. Und in unserer Zeit braucht niemand weit zu suchen nach Beispielen des Verderbens aus der Vorherrschaft hohler Alles-Besser-Wisser, oberflächlicher Schlagwort-Schwätzer, selbstsüchtiger Streber.

Aber man verhütet nicht den Mißbrauch scharfer Waffen, indem man ablehnt, ihren Gebrauch zu erlernen. Die Gefahren, die aus dem Mißbrauch der Redekunst erwachsen können, werden nur abgewendet, ja in ihr Gegenteil gewendet werden, wenn sich gerade die Treuen, die mit reinen Händen dem Wohl der Gesamtheit zu dienen entschlossen sind, selbst so stark machen, daß sie alle Verdrehungen und Verdunkelungen, alle Entstellungen und Täuschungen aus dem Mißbrauch der Redekunst durch ihren rechten Gebrauch überwinden.

II. Von der Anwendung der Redekunst

A. Fleiß und Begabung

> Wo ist die Werkstatt, drin die sichere Waffe,
> Das *Wort*, zum Pfeil, zum Schwert, zum Helm und
> Schild
> Geschaffen wird? Nicht wenig liegt daran,
> Zu Schutz und Trutz es tüchtig zu besitzen.
> Es recht zu schmieden, ist *die* große Kunst,
> Ist unsrer Zeit *fast einziges* Bestreben;
> Denn nicht mehr auf des *Degens* Spitze nur –
> Auch auf der *Lippen Schneide* ruht die Welt.

(Gustav Schwab.)

Wie meistert man das lebendige Wort? Auch hier haben die Götter vor jeden Erfolg den Schweiß gesetzt. Ohne feste und zähe Arbeit ist auf diesem Gebiete so wenig etwas zu leisten wie in irgendeiner anderen Kunst oder Fertigkeit. Schon die Weisheit, die vor Jahrtausenden in den Sprüchen *Salomonis* gesammelt wurde, kommt zu dem Urteil: »Siehest du einen schnell zu reden – da ist an einem Narren mehr Hoffnung, denn an ihm.«

Gerade die begabtesten und erfolgreichsten Redner aller Zeiten sind auch stets die Fleißigsten und Treuesten in der Arbeit gewesen. *Demosthenes* sprach, gleich *Perikles*, fast niemals öffentlich ohne sorgfältigste Vorbereitung. Als einer der zungenfertigen Redner, die in Athen ja nicht selten waren, ihn deshalb durch die spöttische Bemerkung verächtlich zu machen suchte, seine Reden »röchen nach der Lampe«, wandelte *Demosthenes* diesen Tadel in Lob, indem er offen zugab, daß er viele Stunden einsamer Arbeit daransetze, ehe er mit seiner Rede vor das Volk trete, daß er das aber tue gerade aus Achtung vor dem Volke, dem man nur etwas bieten dürfe, was gewissenhaft durchgearbeitet sei; wer aber auf seine Rede nicht ernsten Fleiß verwende, beweise damit seinen Hochmut den Bürgern gegenüber und suche den Beifall mehr zu erschleichen, als zu verdienen!

Cicero erzählt, daß er sich von früher Jugend an täglich »einem Athleten gleich im Gebrauch der Waffen der Redekunst unermüdlich geübt habe«. Er erinnert daran, daß ein so glänzend begabter Redner wie *Hortensius* lediglich aus Nachlässigkeit von der schon errungenen Stufe rednerischer Kunst herabgesunken sei. – Einst war es *Cicero* unmöglich, sich auf eine wichtige Rede genügend vorzubereiten. Da meldete ihm ein Sklave die Verschiebung der Gerichtssitzung um einen Tag. *Cicero* war so erfreut, Zeit zu einer sorgfältigeren Vorbereitung zu gewinnen, daß er dem Sklaven sofort die Freiheit schenkte.

Aus unserer Zeit mögen zwei Redner zeugen, ein geistlicher und ein weltlicher. Als eindrucksvollster evangelischer Kanzelredner des Kaiserlichen Deutschland gilt *Ernst von Dryander*. Er erzählt in seinen » *Erinnerungen aus meinem Leben*« aus seiner Pfarrzeit in Bonn:

»Der Historiker Prof. *von Noorden* fragte mich einmal, wieviel Zeit – aber *wirkliche Arbeitszeit!* – ich zur Ausarbeitung einer Predigt brauche und antwortete auf meine Gegenfrage, wieviel man nach seiner Meinung brauchen müsse: 12 Stunden! Er war befriedigt, daß ich *noch mehr nötig* hatte!« »Jedenfalls, das kann ich mit gutem Gewissen behaupten, habe ich mir niemals die Predigtarbeit leicht gemacht, und nie ohne *sorgfältigste schriftliche* Aufzeichnung geredet. Ja, meist wurde ein erster Entwurf so ausführlich, daß ich die Predigt als *zweimal geschrieben* hätte bezeichnen können.«

Von *Karl Trimborn*, dem berühmten Zentrumsführer, erzählt sein langjähriger Kampfgenosse, der Leiter der »Kölnischen Volkszeitung« H. Cardauns« in seinem »Zeit- und Lebensbild« (1922):

»Die gespannteste Aufmerksamkeit konnte er wecken, sachliches Interesse, Begeisterung, Rührung. Sein Publikum konnte Tränen weinen und Tränen lachen. Langweilig wurde er nie.« ... »Für wichtige Versammlungen war ihm das Reden *nicht leicht* und *durchaus kein Vergnügen*, wenigstens nicht, ehe er den ersten Satz hinter sich hatte, auch nicht, als er seinen ursprünglich recht störenden Sprachfehler durch *stete Übung* überwunden hatte. Dieser Beherrscher des Ausdrucks litt an *Kanonenfieber* und bereitete sich vor *mit ängstlicher Sorgfalt*. Oft gibt er in den Briefen an seine Frau der Sorge und Mühe Ausdruck, die ihm eine rednerische Verpflichtung bereite, bittet sie gar um ihr Gebet, daß es gut gehen möge.«

Für alle Redner, geistliche und weltliche, gilt die Mahnung, die einst *Klaus Harms,* der überaus begabte evangelische Kanzelredner erlebte. Er hatte in fröhlicher Gesellschaft einmal versäumt, sich auf die Predigt vorzubereiten. Halb verlegen, halb spöttisch trösteten die Freunde: »Der heilige Geist wird sich Dir schon auf der Kanzel vernehmlich machen.« Der Gottesdienst ging ohne Störung vonstatten. Zufrieden, daß alles »glatt« abgelaufen war, fragte einer der Freunde: »Nun, hast Du die Stimme des heiligen Geistes auf der Kanzel gehört?« »Jawohl, sogar sehr deutlich.« Erstaunt fragte der Freund: »Was hat sie Dir denn gesagt?« Da antwortete Klaus Harms sehr ernst: »Als ich auf der Kanzel stand, da hörte ich sie zu mir sagen: »Siehe, da sind Menschen, denen Dein Wort etwas sein könnte, und die etwas anderes von Dir verlangen können als die glatten Worte, die Du ihnen heut doch höchstens geben kannst. Schäme Dich, Klaus Harms, und laß Dir solche Gewissenlosigkeit nicht wieder zuschulden kommen.« –

Es ist auf dem Gebiet der Rhetorik wie überall im Leben: Die schönste natürliche Begabung zerflattert ohne Wirkung und Segen, wenn sich ihr nicht Fleiß und Zucht gesellen.

Gewiß, auch für den Redner gilt, was *Hebbel* für den Schriftsteller sagt: »Was einer werden kann, das ist er schon!« Gewiß, er ist es, wie Halm, Blüte und Frucht bereits im Samenkorn ist; aber es kommt doch sehr darauf an, ob man das Samenkorn zertreten läßt oder vertrocknen, oder ob es durch treue Pflege zu glücklicher Entfaltung gelangen kann.

Ein Meister des Wortes, wie *Herder* mahnt:

»Wie die Musik eine Tonleiter hat, auf der die Stimme auf- und absteigend üben muß, so hat die Rede ein weites Reich von Gegenständen, Gesinnungen, Leidenschaften, Empfindungen, Zuständen der Seele usw., deren Ausdruck sie zu schaffen und auf die mächtigste, angenehmste weise darzustellen hat. Daß sie dieses zu tun vermöge, dazu gehört *Übung;* denn auch in der Kunst, seine Sprache zu gebrauchen, fällt der Meister so wenig vom Himmel, als in der Tonkunst.«

Und der größte unter Deutschlands Künstlern *Goethe* urteilt: »Mit der Kunst ist es, wie mit allem: nur die Fähigkeit dazu wird uns angeboren, sie will gelernt und *sorgfältig geübt* sein.« Und an anderer Stelle:

»Die Kunst bleibt Kunst! Wer sie nicht durchgedacht, Der darf sich keinen Künstler nennen; Hier hilft das Tappen nichts; eh' man was Gutes macht, Muß man es erst recht sicher kennen.«

Gewiß hat der vielseitige Meister auch die Grenzen des Fleißes gekannt: »Nur ein Teil der Kunst kann *gelehrt* werden, während der Künstler sie ganz braucht.«

Kein ehrlich Strebender aber wird den Teil der Kunst, der lehrbar ist, gering schätzen oder gar auf ihn verzichten wollen. Selbst die wenigen wirklich gottbegnadeten Künstler, die etwas wahrhaft Großes auch ohne besondere theoretische Ausbildung zu schaffen vermöchten, werden in jedem Falle Gewinn davon haben, wenn sie die erkennbaren Gesetze ihrer Kunst durchdenken.

Das System der Rhetorik der alten Hellenen und Römer und auch des christlichen Mittelalters kannte fünf Stufen. Wenn man auch die Anordnung heute wohl leicht anders gestalten könnte, so hat es doch seinen Reiz, dieselben Stufen aufzusteigen, auf denen seit mehr als zweitausend Jahren unzählige Menschenkinder aller Art – zagend und zögernd oder selbstsicher stürmend – auf die Höhe der rhetorischen Kunst zu gelangen strebten.

Nehmen also auch wir diese klassische Einteilung an, ohne natürlich dabei die Aufgaben unserer Zeit künstlich in alte Formeln zwängen zu wollen. Danach handelt es sich bei der Rhetorik um:

1. den *Stoff,*
2. seine *Gliederung,*
3. seinen *Ausdruck,*
4. das *Aneignen,*
5. den *Vortrag.*

B. Der Stoff

Man muß etwas zu sagen haben, ehe man etwas sagen kann.

Je mehr man weiß, desto mehr ist man in der Lage, auch etwas zu sagen. Allerdings ist es nicht so, daß gutes Wissen an sich Gewähr für gutes Reden ist, sonst müßten unsere größten Gelehrten alle gute Redner sein, und jeder hat doch schon erfahren, daß es gerade den gelehrten Herren oft sehr schwer, wenn nicht unmöglich ist, aus der Fülle ihres Wissens wirkungsvoll mitzuteilen. Das ist einfach zu erklären: Wer Jahre, Jahrzehnte in einem Wissensgebiet steht, setzt bei allen anderen nur zu leicht eine Fülle von Wissen auf diesem Gebiete voraus. Ausführungen, die von solchen Voraussetzungen ausgehen, wecken bei Zuhörern, bei denen diese nicht zutreffen, weder Interesse noch Verständnis. Auf der anderen Seite spielen die Redner eine klägliche Rolle, die *Goethe* als »Menschen mit kurzem Gedärm« verspottet: Menschen, denen man anmerkt, daß sie das, was sie am Abend von sich geben, erst am Morgen aufgenommen haben.

Bei den Alten finden wir hier ein Wort, das heut in diesem Zusammenhang nur noch wenig gebraucht wird: »Topik«. Man verstand darunter eine Sammlung allgemeiner Begriffe und Wahrheiten, mit denen jeder Redner vertraut sein mußte. *Aristoteles* stellt sie hoch: Die lehre das, was alle als wahr annehmen, woraus also jede Rede ihre Beweise schöpfen könne. Sie zeige, wie unsere Rede Überzeugung zu wecken vermöge. In den Rednerschulen mußte diese Topik unter den Händen pedantischer Lehrer eine Qual werden: eine Sammlung von Dichterworten, Geschichten, Beispielen, die dann für die einzelnen Arten der Reden als »Schmuck« zu verwenden waren. Wir behalten daraus die Wahrheit: Je mehr ein Redner weiß, namentlich auf dem Gebiet der Volkswirtschaft, der Geschichte, der Dichtkunst, desto vielseitiger wird er den Stoff beleuchten und die Wege zur Erkenntnis und zum Willen seiner Hörer finden können. Wer als Redner andere belehren will, darf nie aufhören, selbst zu lernen!

Insbesondere auf zwei Gebieten muß jeder, der sich im öffentlichen Leben betätigen will, ein bestimmtes Maß von Stoff beherrschen. Da ist zunächst das Gebiet des eigenen Berufs. Wie oft haben es junge Menschen aller Art, die zu mir kamen mit einem Herzen voll heller Begeisterung und hoher Ideale, wie eine herbe Enttäuschung empfunden, als ich ihnen sagte: »Wollen Sie unserer Wahrheit wirklich wirksam dienen, dann haben Sie zunächst die Pflicht, in Ihrem Beruf etwas Tüchtiges zu leisten. Ihr Wort wird im engeren und im weiteren Kreise, bei Ihren Arbeitsgenossen und Ihren Mitbürgern, ein ganz anderes Gewicht haben, wenn jeder, auch der Gegner, zugeben muß, daß Sie in Ihrem Beruf ein tüchtiger Mensch sind und Ihre Privatwirtschaft in Ordnung halten können. Sonst wird man Ihnen bald mit Recht das bittere wort *Geibels* entgegenhalten: »Sie wollen die Welt auf den Schultern tragen und können nicht ordnen den eigenen Herd!«

Die peinlichste Erfüllung aller Berufspflicht aber macht nicht den ganzen Menschen unserer Zeit. Wer sich auf sie beschränkt, vertrocknet und verknöchert leicht zum Bureaukraten und Spießbürger, oder er wird ein Streber und Geldmacher, dessen bestes Teil verkümmert und verhungert. Wir dürfen uns nicht begnügen, in Beruf und Haus unsere Pflicht treu zu erfüllen – auch die öffentlichen Angelegenheiten in Gemeinde, Staat und Reich haben ein Recht an uns. Es kann nicht deutlich genug gesagt werden, daß ein Unterrichten auf diesem Gebiete nicht eine Liebhaberei, auch nicht eine besondere Tugend ist, sondern eine klare, ernste Pflicht.

Sollte sich die Mehrzahl der Bürger dieser Pflicht dauernd entziehen, so werden die schwer errungenen politischen Freiheiten und Selbstverwaltungsrechte, so wird unsere ganze Verfassung eine innere Unwahrhaftigkeit. Und noch ist auf die Dauer jede Unwahrhaftigkeit eine Quelle der Fäulnis geworden für den Einzelnen wie für eine Gesamtheit. Das allgemeine Wohl muß zu kurz kommen, wo an den Fragen des öffentlichen Lebens nur die Interessenten Interesse beweisen.

Diese bilden stets eine verhältnismäßig kleine Schicht, die zahlenmäßig nie ins Gewicht fallen würde. Ihre Macht beruht wesentlich darauf, daß es so viele »brave« Menschen gibt, die zu bequem oder zu feige sind, sich ein selbständiges Urteil zu erarbeiten, und die deshalb geschickt geprägten Schlagworten und schillernden Scheingründen folgen. Die Masse dieser Menschen, die es persönlich »so gut meinen«, bildet eben wegen dieser Eigenschaft die größte Gefahr in unserm öffentlichen Leben. Der Ruf nach vertiefter staatsbürgerlicher Bildung klingt aus solcher Erkenntnis heraus heut wie ein Notschrei durch unser Volk!

»Wer in den Kämpfen seines Volkes parteilos bleibt, ist unwert bürgerlicher Ehre.« Dieses Wort *Solons* hat heute mehr denn je ein sittliches Recht. Parteinehmen aber heißt nicht, kritiklos irgendeiner Zeitungsmeinung folgen, sondern sich durch eigene, feste Arbeit ein selbständiges Urteil über die Hauptfragen des öffentlichen Lebens bilden, um dann bewußt die Entwicklung unseres Volkslebens nach der richtigen Seite hin beeinflussen zu helfen.

Die wichtigsten Fragen unserer Zeit aber sind nach der Aufrichtung der Reichsverfassung im tiefsten Grunde nicht mehr formal politischer, sondern wirtschaftlicher Natur.

Das Wort von *Bernhard Shaw*: »Die Liebe zur Nationalökonomie ist die Mutter aller staatsbürgerlichen Tugenden« ist ein guter Witz und deshalb aber auch mehr als ein Witz. Denn wirklich kennen lernt man nur, was man lieben lernt. Ja, in dem so viel verschlungenen Bereiche der sozialen Frage gilt es, eine grundsätzliche Stellung zu gewinnen.

Wie soll aber selbst guter Wille in dem Lärm der Tageskämpfe Wahres und Falsches, Wesentliches und Zufälliges scheiden?

Den sichersten Weg dazu bietet die *Geschichte der Nationalökonomie*. Nicht grundlos läßt unsere Sprache die Wörter Schicksal und Geschichte gleicher Wurzel entspringen. Das Völkerleben der Vergangenheit zeigt Aufgang und Niedergang klar in ihren Ursachen und Wirkungen. Reine Gewandtheit erkaufter Rhetoren, kein Tageserfolg kann da noch täuschen, wo die Weltgeschichte als Weltgericht ihr Wort gesprochen hat. Diese Geschichte macht auch in ihrem Werden und Wesen die Lehren und Bewegungen am besten verständlich, die in unserer Zeit um Köpfe und Herzen ringen. Nur wer weiß, wie die Verhältnisse bis heut geworden sind, hat ein Urteil darüber, wie sie morgen werden können. Geschichtliche Erkenntnis allein gibt einen festen Maßstab, an dem wir die flüchtigen Erscheinungen des Tages werten können, wir werden wissen, wo wir in der großen Entscheidung, vor der unser Volk jetzt steht: Mammonismus, Kommunismus oder Bodenreform? unsern Platz einzunehmen haben, wo wir in guten und bösen Stunden, allein oder in der Mehrheit, in Not oder Sieg mit unserm Wort, mit unserer ganzen Persönlichkeit, stehen müssen!

Und dieser Weg der Geschichte wird noch vor einem anderen Irrweg bewahren. Es kommt nicht darauf an, irgendwelche »absolute« Wahrheiten gleichsam im luftleeren Raum abstrakter Theorie zu gewinnen. Was logisch richtig ist, braucht deshalb noch lange nicht psychologisch richtig zu sein – d. h. es kommt darauf an zu erkennen, welche Wahrheit in der geschichtlichen Entwicklung unseres Volkes *heut* lebendig gemacht werden kann.

Den Tagesereignissen gilt es zu folgen, um sie verstehen und beeinflussen zu können. Dabei muß man sich allerdings mit Sorgfalt hüten, durch ihr tägliches Studium seine Kräfte zu zersplittern und zu verzetteln. Schon mancher fleißige und begabte Mann hat durch übertriebenes Lesen von Zeitungen und Zeitschriften (fliehe die Sammelmappen!) sich um jede Fähigkeit zu eigenem Denken und fruchtbarem Handeln gebracht.

Demosthenes soll die ganze Geschichte des *Thukydides* achtmal vollständig abgeschrieben haben, um sich Inhalt und Form dieses größten historischen Werkes seiner Zeit zu eigen zu machen. Wieviel Zeitungen und Broschüren hat der Glückliche in der Zeit, als er sich an *einem* Hauptwerk bildete, nicht zu lesen brauchen!

Wer wirklich unsere Entwicklung ein Stück vorwärts bringen will, der scheue auch nicht den Vorwurf einer gewissen Einseitigkeit. Fürchte Dich nicht, der Mann *eines* Gedankens genannt zu werden; denn wisse, wenn Du einen Gedanken wirklich hast, dann hast Du in der Regel gerade einen Gedanken *mehr* als die meisten Deiner Spötter! Ob der Mann eines Gedankens ein Querkopf und Sonderling, ein »wunderlicher Heiliger«, oder ein großer Mann wird, hängt allerdings davon ab, ob dieser *eine* Gedanke für unser Volk etwas Gleichgültiges und Nebensächliches, oder ob er etwas Großes und Notwendiges bedeutet.

Hat man einen grundsätzlichen Standpunkt gewonnen, so gilt es, sich eine gründliche Kenntnis anzueignen, damit man in der Lage ist, ihn zu vertreten, seine Wahrheit zu beweisen, die Einwände gegen ihn zu zerstreuen und dadurch den Willen anderer bestimmend zu beeinflussen.

Diese Stoffkenntnis bringt neben dem wiederholten Durcharbeiten der wichtigsten Werke namentlich auch die Aussprache mit anderen. Besonders fruchtbar kann sein, den Stoff, den man in Vorträgen behandeln will, nicht nur mit Freunden, sondern auch mit Gegnern durchzusprechen.

Ohne gründliche Kenntnis des Stoffes kann niemand eine wirklich gute Rede halten. Ja, der Mann, von dessen ernster Sachkenntnis die Hörer überzeugt sind, wird auch dann Eindruck machen, wenn die Form der Rede unvollkommen ist. In diesem Sinne sagt schon *Aristoteles* in seiner »Rhetorik«: »Die Beweise allein sind das wesentliche; das übrige ist Zusatz.« Und der alte *Cato*, der die hellenische Beredsamkeit haßte, die ihm nur ein Spiel mit Worten schien, mahnte: »Sei Herr des Stoffes, dann kommt der Ausdruck von selbst.« Wer wirklich Herr des Stoffes ist, dem ordnen sich auch Gedanken und Worte. Das, was einer wirklich versteht, kann er in der Regel auch verständig ausdrücken.

Die Hörerschaft hat viel häufiger, als man denkt, ein feines Gefühl dafür, ob die Redemühle wirklich Korn mit sich führt, oder ob sie nur deshalb so laut klappert, weil sie leer ist.

Allerdings ist auch eine große Gefahr zu vermeiden, die oft gerade den Gewissenhaftesten droht. Die Volkswirtschaft ist ein Gebiet, auf dem ständig alte Verbindungen sich lösen und neue sich schließen – ein Gebiet, auf dem man sein ganzes Leben lang forschen kann, ohne doch in allen Einzelerscheinungen ein völlig erschöpfendes Urteil zu erreichen. Man darf sich deshalb nicht abschrecken lassen, auf einem Gebiete rednerisch tätig zu sein, weil vielleicht noch irgendeine Frage vorhanden sein könnte, deren restlose Erforschung noch nicht möglich war.

Wer etwa warten wollte, mit einem Vortrage für die Bodenreform zu werben, bis z. B. in der Frage des Erbbaurechts alle juristischen Entwicklungsmöglichkeiten entschieden wären, würde schweres Unrecht begehen.

Ein Staatsbürger hat weder die Pflicht noch auch nur die Möglichkeit, auf jedem Gebiete ein vollendeter Sachverständiger zu sein. Hat er sich die großen Grundgedanken klar gemacht und bewußt die Richtung gewählt, nach der er den Gang unserer geschichtlichen Entwicklung beeinflussen will, so ist es auch seine Pflicht gegen unser Volk, für diese Überzeugung einzutreten.

Demgegenüber wird mancher vorsichtige Mann einwenden: »Gewiß, in einem Vortrag ist die Kenntnis jeder Einzelheit nicht nötig; aber was tue ich in der freien Aussprache, wenn nach einer solchen Einzelheit gefragt wird?« Und aus der Furcht vor solcher Möglichkeit unterbleibt mancher ernste Versuch, dem bei seinem Gelingen noch viele gute Arbeit gefolgt wäre. Dieser Einwand ist unberechtigt. Wer wirklich auf dem Gebiet der Geschichte und Lehre der sozialen Strömungen ehrlich gearbeitet hat, weiß in der Regel mehr als die meisten Zuhörer, und die gefürchteten Fragen nach irgendwelchen Einzelheiten werden nicht kommen. In den vielen Versammlungen, in denen ich einer Mehrheit von Gegnern gegenübergestanden habe, sind nur selten schwierige Einzelfragen angeschnitten worden.

Werden aber wirklich einmal Fragen aufgeworfen, die man nicht in allen Einzelheiten beantworten kann, so ergeben sich zwei Möglichkeiten. Einmal, man beantwortet die Frage einfach nicht. Nach langen Aussprachen wird es häufig gar nicht möglich sein, im Schlußwort auf alle Einzelheiten einzugehen. Die Zuhörer wollen das auch gar nicht. Man greift deshalb im Schlußwort nur einzelne Gedanken der Wechselrede heraus, die von allgemeiner Bedeutung sind, und zeigt daran, wie notwendig es ist, daß der Anregung des Vortrags dauernde Weiterbildung folge – eine Wendung, die sich nebenbei vorzüglich dazu eignet, zum Eintritt in eine gute Organisation aufzufordern, in der durch Zeitschriften und Vortragsveranstaltungen Gelegenheit zu dieser Weiterarbeit an den sozialen Aufgaben gegeben wird.

Aber auch die zweite Möglichkeit: eine offene Erklärung, daß man die juristische oder finanztechnische Einzelheit der Frage in diesem Augenblick nicht darlegen könne, schadet sehr wenig, wenn der Vortrag im allgemeinen den Beweis guter Sachkenntnis gegeben hat.

Dazu kommt noch eine merkwürdige Erfahrung, die wohl alle wirklich guten Redner schon gemacht haben. Einzelne Schwierigkeiten, die bei der Vorbereitung quälten und nicht völlig überwindbar schienen, werden oft blitzschnell erleuchtet und geklärt während des Vortrags selbst. Das Wort, das man ausspricht, wirkt nämlich nicht nur nach außen; es wirkt auch nach innen. Indem es den Gedanken gleichsam körperliches Leben verleiht, trennt und verbindet es diese Gedanken und klärt so ganze Zusammenhänge in oft ganz unerwarteter Weise.

Darum, so sorgsam die Frage der Beherrschung des Stoffs auch zu behandeln ist: gerade der Gewissenhafte muß sich davor hüten, seine Arbeits- und Kampfesfreudigkeit von dem Stoffe erdrücken zu lassen, damit nicht schon auf der ersten Stufe seine Hände mutlos sinken.

C. Die Gliederung

Der Erwerbung guter Sachkenntnis muß die zweite Stufe folgen: die Gliederung. Sie wird bestimmt durch den *Zweck* der Rede: Was soll mein Vortrag erreichen? Gieb Dir selbst ganz klar und fest Antwort auf diese Frage. Alles, schlechthin alles, was nun an Arbeit folgt, steht unter diesem Zeichen.

Bist Du ein Baumeister, so mußt Du zunächst wissen, was Du bauen willst: ein Geschäftshaus, ein Luxushaus, eine Heimstätte. Dann erst kannst Du an das Entwerfen des Bauplans gehen. Allerdings kannst Du auch dann noch schwere Fehler machen, etwa zu wenig Fenster vorsehen, oder die Anlage der Treppen verfehlen, oder die Zimmer zu klein oder zu groß anlegen. Fehler bei solcher Gliederung können auch durch die feinste Ausführung im einzelnen später nicht gut gemacht werden. – Noch näher liegt für den Vertreter der »seelenbezwingenden« Redekunst das Bild des Feldherrn. Er muß sich zunächst klar machen, was in dieser Stunde von ihm geplant ist: ein Gefecht oder eine Entscheidungsschlacht, ein Erkundungsritt oder ein Generalsturm. Darnach gilt es, die einzelnen Glieder des Heeres zu ordnen. – Mit Recht sagt *Herder* (im 45. theologischen Briefe): »Alle Fehler verzeihe ich gern, nur die Fehler der Disposition nicht.« Auch für die Redekunst gilt das Wort aus den *Heine*schen Schöpfungsliedern:

> »Das Schaffen selbst ist eitel Bewegung;
> Das stümpert sich leicht zu jeder Frist –
> Allein der Plan, die Überlegung:
> Das zeigt erst, wer ein Meister ist.«

Das Ziel Deiner Rede mußt Du in einem ganz kurzen klaren *Zwecksatz* Dir selbst darstellen. Danach bestimmst Du das Thema.

Seine *Formulierung* ist nicht gleichgültig. Sie soll die Aufmerksamkeit wecken, Schwankende zum Besuch Deines Vortrags ermuntern. Nimm nicht ein zu allgemeines und deshalb blasses Thema. Oft wird es sich empfehlen, die Frageform zu wählen. Besser z. B. als »Der Neuaufbau Deutschlands« wirkt »Wie ist ein Neuaufbau Deutschlands möglich?«

Ist der Vortrag wesentlich für Angehörige eines bestimmten Berufs bestimmt, muß das Thema ihm angepaßt sein, z. B. »Welche Aufgaben hat die Schule auf dem Gebiet der staatsbürgerlichen Erziehung?« oder »Welches ist der gefährlichste Feind des Arbeiterstandes?«

Alle Glieder der Rede müssen dem einen Zwecke dienen. Tun sie das nicht, so schaden sie einander; ja, je stärker und schöner die einzelnen Gedanken an sich sind, desto größere Gegner sind sie Deiner Rede, wenn Du diese eben als das betrachtest, was sie sein soll: als ein Mittel, ganz bestimmte Erkenntnis, ganz bestimmten Willen zu wecken! Sie zerstreuen, statt zu sammeln. Ohne die Einheit, die der stete Hinblick auf den Zwecksatz gibt, wird die inhaltreichste Rede ein Haufen zufällig zusammengekramter Gedanken, aber nicht ein Heer, das kämpfen und siegen kann.

Alles Stoffsammeln, aber auch, was oft noch schwerer ist, alles Stoffausscheiden, muß bestimmt werden ausschließlich vom Zwecksatz. Jeder Redner hat Liebhabereien, Gedanken, auf die er besonders stolz ist, namentlich solche, von denen er sich einbildet, daß sie vor ihm niemand dargelegt hat – daran mag er sich allein oder im Kreise von Fachgenossen ergötzen, in der Versammlung hat nur die Versammlung und der *Zweck der Rede* ihr Recht.

Unter Umständen mußt Du dabei selbst scheinbar berechtigten Tadel ertragen. Als *Karl Lueger* Wien dem herrschenden Manchesterliberalismus entrissen hatte, lud er mich einmal zu einem Vortrag im großen Rathaussaal. Als wir vor dem Vortrag zusammensaßen, fragte der vielerfahrene Redner: »Was gedenken Sie heut Abend zu sagen?« »Ich habe die Bodenreformgedanken vorsichtig aufgebaut und aus großen Kirchenvätern und dem christlich-deutschen Mittelalter Beweisstellen und Anschauungsstoff vorbereitet, so daß ich hoffe, die Führer Ihrer Partei zu gewinnen.« Da sagte Lueger: »Nein, Sie müssen einen rücksichtslosen modernen Vortrag halten in den radikalsten Formen. Ich bin der einzige Redner nach Ihnen. Ich muß meinen Vortrag beginnen können mit den Worten: Ganz so schlimm wie Damaschke sind wir nicht, aber ... Sie verstehen, ich muß die Hausbesitzer in der Partei mitbekommen für die Beschlüsse des Wald- und Wiesengürtels und meiner anderen Pläne.« Ich erhob Einspruch: »Muß es nicht taktlos erscheinen, wenn ich das erste Mal in Wien solchen Ton anschlage?« Da sagte Lueger sehr ernst: »Welches ist das Ziel des heutigen Abends? Daß ein paar tausend Menschen sagen, Damaschke ist ein taktvoller Redner, oder daß wir durch diesen Abend Beschlüsse erleichtern, die blassen Wiener Frauen und Kindern ein wenig frische Luft und Grün und Gesundheit bringen?« Und der Abend verlief, wie er gewünscht hatte. –

Auf dem Gebiet der Gliederung gilt es zuerst, den Stoff scharf zu begrenzen. Wenn je, dann zeigt sich hier in der *Beschränkung* der Meister.

Dauert ein volkstümlicher Vortrag länger als eine Stunde, so ist er mangelhaft aufgebaut. Man frage sich selbst, ob man geneigt oder auch nur befähigt ist, länger als eine Stunde ununterbrochen Gedanken prüfend zu verfolgen. Es gibt Ausnahmen, doch nur seltene, und in der Regel wird ein Vortrag von ¾ Stunden wirkungsvoller sein als einer, der den Zeitraum einer Stunde übersteigt.

»Der Rede Kürze ist ihre Würze.« Auf neun Klagen darüber, daß ein Vortrag zu lang gewesen sei, kommt kaum eine über zu große Kürze. Und es ist jedenfalls für einen Redner vorteilhafter, daß man mit dem Wunsche von ihm scheidet, mehr von ihm zu hören, als daß er ein Gefühl des Überdrusses hinterläßt.

Der alte *Horaz* schon preist als einen Segen der Ordnung die Kunst der Beschränkung: »Und unter manchem Vorteil, der durch Ordnung gewonnen wird, ist sicher keiner von den kleinsten: daß man immer wisse, was zu sagen ist, doch vieles, was sich auch noch sagen ließe, jetzt zurückbehalte!«

Friedrich Wilhelm I. war ein frommer Mann, der fleißig in die Kirche ging und gern wollte, daß auch sein Volk sie fleißig besuche – deshalb gab er die aus dem Leben geschöpfte Verfügung: Jeder Prediger, dessen Predigt länger als eine Stunde dauert, muß 2 Taler Strafe zahlen!

Die scheinbar einfache Forderung, den Stoff scharf zu begrenzen, setzt ein starkes Maß von Selbstzucht voraus. Man hat auf einem Gebiet gearbeitet. Man hat sich Wissen angeeignet und dessen Wichtigkeit in steigendem Maße erkannt. Man möchte doch auch zeigen, wieviel man weiß – und nun soll man sich beschränken, auch auf die Gefahr hin, daß der eine oder andere Zuhörer denken könnte, man wisse nicht mehr, als man gerade in diesem einen Vortrage ausführt!

Wie viele sind der Versuchung erlegen, haben zu lange geredet und damit ihre ganze Arbeit zur Unfruchtbarkeit verdammt.

Nach werbenden, kämpfenden Vorträgen hat man ja auch immer noch Gelegenheit, auf Anfragen und Einwürfe zu antworten, oder im Schlußwort einzelne Gedanken, die nach Stunde und Ort wichtig erscheinen, ergänzend auszuführen. Übrigens kann man in einer Stunde recht viel reden, etwa 16-20 Druckseiten im Format dieses Buches: wahrlich Geistesnahrung genug für einen Vortrag.

Was soll man nun für diese eine Stunde auswählen?

Darüber entscheidet die große Kunst aller erziehlichen Tätigkeit, zu der ja auch die Rhetorik gerechnet werden darf: das *Individualisieren*.

Man muß sich den Kreis von Menschen vorstellen, auf den die Rede wirken soll. Vor geschulten Nationalökonomen unsere Wahrheit zu verteidigen, erfordert eine andere Stoffauswahl als vor Fabrikarbeitern. Wo eine Schulung im abstrakten Denken und ein reichliches Maß von Fachwissen vorauszusetzen ist, wird die theoretische Stellung der Bodenreform zu den anderen großen Systemen der Nationalökonomie in den Mittelpunkt zu stellen sein. In einem anderen Fall wird es sich darum handeln, durch Beispiele aus dem Anschauungskreise der modernen Industriearbeiter die Bedeutung der Grundrente für die gesamte Lebenshaltung zu gewinnen. Vor Landwirten wird das Problem der Hypothekarverschuldung und der ländlichen Allmende usw. ausführlicher zu behandeln sein als in der Mieterversammlung der Großstadt, in der wohl die Wohnungsfrage und die Frage der Familiengärten besonderer Aufmerksamkeit sicher ist. In industriellen Kreisen wird die Organisierung der Rohstoffgewinnung, die Bergwerksfrage, die Frage der industriellen Verwertung der Wasserkräfte zu betonen sein usw.

Dabei ist eine Gefahr zu meiden. Man darf nicht glauben, fachwissenschaftlich reden zu sollen. Man darf das – vielleicht – einmal tun, wenn man demselben Berufe wie der Hörerkreis angehört. Sonst soll man sich davor hüten, da die Hörer doch bald erkennen, daß man auf ihrem Berufsgebiete ein Laie ist. Dazu kommt, daß die Hörer von einem Nichtfachmann gar keinen fachwissenschaftlichen Vortrag erwarten oder auch nur wünschen.

Ein anderer Mißgriff wäre es, aus dem Bodenreformkreis ausschließlich solche Gedankenreihen zu bringen, die dem Fachinteresse der Hörer besonders nahe liegen. Auf ihnen muß das Hauptgewicht liegen; aber irgendwie muß noch ein anderer großer Gesichtspunkt herausgearbeitet werden, damit die Zuhörer empfinden: hier handelt es sich um ein umfassendes Problem, das weit über den Kreis eines Berufes hinaus entscheidende Bedeutung hat.

Eine besondere Art des Individualisierens verlangt das Reden auf Bundestagen. Solche Vorträge hat man in der Regel besonders gut vorbereitet. Und doch muß man unter Umständen die sittliche Kraft haben, auf den Vortrag der Rede, an die man soviel Arbeit gesetzt hat, zum Teil zu verzichten. Oft wird die Zeiteinteilung solcher Tagungen durchbrochen, so daß für Rede und Aussprache nur noch eine viel kürzer begrenzte Zeit zur Verfügung blieb, als vorgesehen war. Hier soll ein Redner auf die völlige Wiedergabe seines schön ausgearbeiteten Vortrages verzichten, indem er etwa erklärt: »Ich möchte aus meinem Vortrag in dieser Stunde nur den Teil vortragen, den ich am liebsten als Grundlage unserer Aussprache sehen möchte.« – Ich habe viele Bundestage mitgemacht und nur selten solche Selbstüberwindung erlebt! Aber manchesmal habe ich mir ausgemalt, wieviel Dank persönlicher und sachlicher Art ein Redner dadurch erringen könnte, der nun durch den Vortrag seiner ganzen Rede Freudigkeit und Zeit nimmt.

Ein besonderer Takt gehört dazu, in einer fremden Gemeinde über Gemeindepolitik zu sprechen. Zwei Irrwege sind zu meiden. Der eine: Man kümmert sich gar nicht um die konkreten Verhältnisse und wählt dann vielleicht die Fragen der Familiengärten und des Heimstättenrechts – während diese Fragen bereits eine gewisse Lösung gefunden haben. Dagegen unterläßt man, über die Ausgestaltung der Grundwertsteuer oder über die Zusammenhänge zwischen Schularbeit und Wohnungsnot zu sprechen, für welche Fragen besonderes Interesse vorhanden wäre. Man muß sich vorher möglichst unterrichten über die Aufgaben, die in dieser Gemeinde gerade jetzt der Lösung harren.

Der andere Irrweg: Die Mißstände, die einem mitgeteilt worden sind, nun als Mißstände *dieser* Gemeinde hinzustellen und zu ihrer Bekämpfung aufzufordern!

Es ist leicht möglich, daß man in der Darstellung der örtlichen Verhältnisse einen Irrtum begeht. Ein solcher aber würde, auch wenn er an sich noch so geringfügig wäre, die Wirkung des ganzen Vortrags gefährden. Der einfache Mann sagt sich z. B.: Wenn der Redner nicht einmal weiß, daß hier in unserem Orte an der Friedrichstraße mehr leere Baustellen liegen als an der Ludwigstraße – wenn er also dort, wo ich nachprüfen kann, unzuverlässig ist, dann glaube ich ihm auch dort nicht, wo ich nicht nachprüfen kann! – Bewußt oder unbewußt wird es ferner von jedem als eine Taktlosigkeit empfunden, wenn ein Redner, der nur vorübergehend in einer Gemeinde ist, ihren Bürgern Vorschriften für ihre unmittelbare Betätigung machen will.

Ganz anders ist die Wirkung, wenn man einen Mißstand, den jeder von den Zuhörern aus eigener Erfahrung kennt, hinstellt etwa als Beispiel, wie in manchen Gemeinden sich die Verhältnisse entwickeln können, wenn nicht bodenreformerische Gedanken mächtig sind. Stellt man so vorhandene Mißstände als angenommene Möglichkeiten hin, wird der Zuhörer unwillkürlich auch zu den Lehren eines Redners Zutrauen schöpfen, deren einzelne Folgerungen er durch Anschauung und Vergleich als zutreffend empfindet.

Komme ich zu einem Vortrag in einen kleineren Ort, suche ich mir im Gasthof nicht die großen Zeitungen, sondern möglichst die Ortszeitungen und lese dort die Nachrichten aus dem Ort und der Umgebung und, nicht zu vergessen, die Anzeigen. Man weiß dann, was die Hörer erlebt haben, was sie treiben, was sie geistig aufgenommen haben. Der Vortrag wird wurzelechter oder kann es wenigstens werden.

Was sollen wir tun, wenn uns ein Thema gestellt wird, wie »die Bodenreform als die Antwort auf die soziale Frage« oder »das Problem der deutschen Bodenreform« oder ein ähnliches umfassendes Thema? Jedenfalls darf man nicht den Versuch machen, etwa die ganze Frage zu erschöpfen. Wieviel fleißige Arbeit bleibt infolge solcher Versuche nicht nur völlig wirkungslos, sondern wirkt geradezu schädlich!

In einer Organisation, in der alles auf Freiwilligkeit beruht, ist es manchmal schwer, gegen guten Willen, Eifer und Fleiß Einwendungen zu erheben. Und deshalb möchte ich an dieser Stelle unsere Freunde bitten, ihre Vorträge von diesem Gesichtspunkt aus zu prüfen: Haben sie nicht zu *vielerlei* zu bieten versucht?

Man bedenke, daß für die meisten Menschen sogar die nationalökonomische Ausdrucksweise etwas Ungewohntes ist. Mit Worten wie Überproduktion, Unterkonsumtion, Grundrente, Grundwert- und Zuwachssteuer, Erbbaurecht, Wiederkaufs- und Ankaufsrecht, Bauordnung, Bebauungsplan, Amortisationshypothek, Entschuldung, Reichsheimstätte usw. verbinden nur wenige einen klaren Begriff. Will man aber den Inhalt aller dieser Worte auseinandersetzen, so wird der ganze Vortrag nichts als eine Sammlung von verstandesmäßigen Erklärungen, die natürlich keine erwärmende Kraft haben können. Erklärt man jene Ausdrücke dagegen nicht, so bleibt der Vortrag in großen Teilen unverständlich und nährt in dem Zuhörer das alte Vorurteil, daß Volkswirtschaft etwas Langweiliges, Unverständliches sei, das nur Fachleute interessieren könne.

Wer einen Vortrag *erschöpfend* gestalten will, wird zwar sein Thema nicht erschöpfen, wohl aber ganz gewiß seine Zuhörer. »Alles sagen zu wollen, ist das Geheimnis, langweilig zu werden!« sagt *Voltaire.* Und langweilig sein ist die größte Sünde jedes Vortrags.

Ist einem ein umfassendes Thema gestellt, so nimmt man es natürlich ruhig an, wenn man Wert auf die Gelegenheit legt, vor der einladenden Organisation seine Gedanken zu entwickeln. Die Rede selbst aber baut man auf, indem man in der Einleitung kurz auf die Größe und Vielseitigkeit des Themas hinweist, dann je nach der Eigenart des Hörerkreises *einen* Punkt herausgreift, dem man etwa drei Viertel der zur Verfügung stehenden Zeit widmet. Hat man daran anschaulich das Wesen unseres Strebens gezeigt, kann man ruhig noch andere Seiten des Programms kurz anführen, es wird doch ein einheitlicher Eindruck bleiben, der den Willen weckt, sich mit dieser Frage näher zu beschäftigen. Das aber ist die höchste Wirkung, die von einem Vortrag erwartet werden kann.

Damit erfüllt man auch alle sittliche Pflicht, die man bei der Annahme eines Vortrages trotz seines unmöglichen Themas übernimmt. Denn es gibt Gesetze, die nur deshalb nicht stets besonders ausgesprochen werden, weil sie sich von selbst verstehen, und dazu gehört auch dieser Vorbehalt: ein Vortrag von einer Stunde kann niemals ein wichtiges Gebiet erschöpfen, sondern nur Anregungen geben und den Weg weisen, auf dem man in selbsttätiger Arbeit weiter in ein Gebiet eindringen kann.

Und diesen selbstverständlichen Vorbehalt möchte hiermit auch diese kleine Schrift in Anspruch nehmen, die natürlich auch auf ihrem eng begrenzten Raum nichts weiter als solche Anregungen zu bieten vermag.

Ob man die einzelnen Teile der Gliederung ankündigt oder nicht, wird vom Einzelfall abhängig sein. Viele Prediger halten daran fest, die Teile, die sie behandeln wollen, anzukündigen. Und das hat gewiß seinen Wert. *Quintilian* empfiehlt es, weil die Glieder der Rede, die der Hörer kenne, ihm »wie die Meilensteine dem Wanderer viel von der Mühsal des Weges abnehmen, da er immer weiß, wieviel ihm noch bevorsteht.« Von den Rednern unserer Zeit stehen *Naumann* und *Traub* auf gleichem Boden.

Naumann: »Was ein Redner unter allen Umständen besitzen muß, ehe er den Mund auftut, ist die *Stoffeinteilung*. Alles andere kann während des Redens zufließen, die *einteilende* Logik aber muß vorher gearbeitet haben. Die alte Kanzelgewohnheit, Thema und Teile anzukündigen, riecht etwas nach Schulstube, hat aber auch für nichtreligiöse Reden sachlich vieles für sich. Sie ist ein heilsamer Zwang zur Ordnung.« *Traub*: »Die Hauptsache ist, daß das Publikum merkt, der Mann hat sich vorbereitet. Man muß immer wissen: das Publikum *will* geführt sein.«

Da, wo die Hauptaufgabe des Vortrags rein belehrend sein soll, wird in der Tat oft eine Ankündigung der Disposition am Platze sein, wie ich ja auch von vornherein die fünf Stufen der Rhetorik, die wir zusammen ersteigen wollen, genannt habe.

Aber in allen kämpfenden, werbenden Vorträgen vermeide ich diese Ankündigung in der Regel. Hier hat der Augenblick sein Recht, und man will nicht durch die immer wiederholte Disposition daran erinnert werden, daß der Redner seine Ausführungen sorgsam vorbereitet hat, d. h. daß es Gedanken und Worte von gestern oder vorgestern sind, die in dieser brennenden Stunde vorgesetzt werden.

Es ist eine alte Streitfrage, in der schon die Meinungen von *Cicero* und *Quintilian* auseinandergingen, wie man die Glieder eines Vortrags anordne, ob man die wirkungsvollsten Gründe an den Anfang oder an den Schluß stellen solle. *Cicero* war der Anschauung, man solle namentlich bei den Gerichtsreden mit den besten Gründen beginnen. Wenn der Hörer sofort einen guten Eindruck erhalte, so werde er willig dem Gedankengange des Redners folgen. *Quintilian* dagegen rät, sein Bestes erst am Ende auszusprechen, weil der Schlußeindruck über die Gesamtstimmung entscheide.

Zweifellos sind Anfang und Ende die wichtigsten Glieder jeder Rede. Wenn ich nicht Zeit finde, die Einzelheiten einer Rede vorher festzulegen, so bemühe ich mich doch stets, und sei es auf dem Weg ins Vortragslokal oder, im schlimmsten Fall, auf dem Gang zur Rednertribüne, Anfang und Schluß der Rede möglichst bestimmt vorher zu formulieren. Ein ungeeigneter Anfang kann den ganzen Abend verderben. »Wenn man das erste Knopfloch verfehlt«, mahnt *Goethe*, »kommt man mit dem ganzen Zuknöpfen nicht zustande. Der *Anfang* muß gut sein.«

Häufig beginnen Redner, namentlich in der freien Aussprache, mit der Bitte um Entschuldigung, daß sie es wagen, überhaupt die Aufmerksamkeit der Hörer in Anspruch zu nehmen. Ein solcher Anfang ist immer ein Fehler. Ist die Rede sachdienlich, so bedarf es keiner Bitte um Entschuldigung. Ist sie aber wertlos, hilft solche Einleitung auch nicht.

Jeder Redner schadet sich, der von vornherein den Hörern zeigt, daß er überzeugt ist, mehr zu wissen als sie. Wähle nicht Formen wie: »Ich will zu Ihnen über diese oder jene Frage sprechen«, sondern: »Wir wollen miteinander diese Frage betrachten«, und dann gehe aus von den Anschauungen und Erfahrungen des Kreises, vor dem Du sprichst: »Niemand hört Dir gläubig zu, wenn Du beginnst:

ich bin klüger als Du. Drum wenn Du andere willst belehren, mußt Du Dich erst zu ihnen bekehren« (Rückert). –

Zu vermeiden ist, im Anfang schon begeistert von einer Sache zu sprechen. Wie sollen die Zuhörer dieses Gefühl teilen, ehe sie die Sache selbst kennen? In der Regel ist es die Aufgabe der Einleitung, in den Zuhörern, in denen vielleicht Vorurteile und Mißtrauen lebendig sind, das Bewußtsein zu wecken, daß es sich um eine wichtige Sache handele, deren ernste Prüfung auch ihnen Gewissenspflicht sei. Auch die Einleitung zu diesem Büchlein geht ja von dem gleichen Gedanken aus, indem sie zu zeigen sucht, welche Macht die Beredsamkeit einst war, und wie sie durch die Entwicklung unserer Zeit auch für uns wieder immer größere Bedeutung erlangt, und dem, der ihrer Herr wird, Einfluß und Macht verleiht. Aus solchen Gedanken heraus wird dann ein aufmerksameres Studium der folgenden Blätter erwartet, als ihnen ohne solche Erkenntnis wohl zuteil würde.

Gefährlich ist es, in den Anfang eine Höhenlage des Tons und der Gefühle zu legen, die einen ganzen Vortrag hindurch nicht in gleichem Maße zu erhalten ist. Bei ganz kurzen Ansprachen, wie bei Grundsteinlegungen und Fahnenweihen, mag ein solcher Versuch durchführbar sein. Bei jeder längeren Rede kann ein zu hoher Einsatz die ganze Ausführung gefährden. Ein in den Schriften über Rhetorik mehrfach erwähntes Beispiel eines falschen Anfanges bietet die Leichenrede des berühmten Kanzelredners *Massillon*. Ihn hatte *Ludwig XIV.* nach einer Predigt mit einem feinen Wort geehrt: »Ich habe viele Redner in meiner Kapelle gehört, mit denen ich sehr zufrieden war. Als ich Sie aber gehört habe, wurde ich mit mir selber unzufrieden!« Nun stand *Massillon* am Sarge Ludwigs XIV. und begann mit den Worten: »Gott allein ist groß!« Alles, was nach solchem Anfang überhaupt noch gesagt werden konnte, mußte eine Umschreibung oder Wiederholung dieses Gedankens sein und deshalb abschwächend wirken. Hätte der Redner mit einer Schilderung des Glanzes und der Größe des Königs, der nun in diesem Sarge der Verwesung harren müsse, begonnen, so hätte jener Satz als Zusammenfassung der Todeswahrheit ein gewaltiger Schluß werden können; aber so mußte »dieser Anfang die Rede töten«.

Der Anfang muß die Hörer *willig* machen zu folgen. Am 16. Dezember 1917 sprach ich im großen Hauptquartier. Der Vortrag wurde 8 Uhr 40 Minuten abends angesetzt. Hindenburg, Ludendorff, Krafft von Delmensingen, der in derselben Nacht wieder zum italienischen Heer abreisen mußte, und die anderen Herren waren augenscheinlich durch wichtigste Arbeiten ermüdet. *Welche Einleitung* konnte sie willig machen zu folgen? Da nahm ich als Einleitung einen kurzen Hinweis: Die Bodenreform sei von *Tirpitz* in Kiautschou durchgeführt mit dem bekannten Erfolg: eine »Musterstätte deutscher Kulturarbeit«, eine Verteidigung, die »Pflichterfüllung bis zum Äußersten« zeigte. Ich wies auf Beispiel und Gegenbeispiel der afrikanischen Kolonien hin: Südwestafrika und Kamerun waren großen Landgesellschaften ausgeliefert; in Ostafrika verhinderte Hermann von *Wißmann*, ein Mitglied des Bundes Deutscher Bodenreformer, ihre Herrschaft. Die Stadt *Tanga*, die erste Stadt auf afrikanischem Boden, die sich unserm Bunde anschloß, trieb im großen Maße Heimstättenbildung auch für die Eingeborenen. Erfolg: Treue auch in der Not – der Sieg bei Tanga. Mit dieser Einleitung erreichte ich, daß die Mitglieder des Generalstabs die Bodenreform nicht als blutleere Theorie ansahen und auch die vaterländische Bedeutung der Heimstättenbildung erkannten. Und als ich schloß: die Bodenreform der Kampf für das deutsche Kind, für die deutsche Zukunft! da entsprangen jener Stunde die bekannten Briefe von Hindenburg, Ludendorff, Delmensingen usw., die seitdem zur Kulturgeschichte dieser Tage gehören. –

Ein guter Redeanfang ist der halbe Sieg des Abends; aber an Wichtigkeit ihm zum mindesten gleich steht der Schluß.

Wieviel fleißige, gedankenreiche Reden verhallen wirkungslos, wenn der Redner »nicht zu Ende kommen kann«. Der Hörer, der willig gefolgt ist, glaubt nach dem Aufbau und dem Tonfall der Rede, nun den Schluß erwarten zu dürfen. Er ist befriedigt. Da wirkt es wie eine Enttäuschung, wenn der Redner wider Erwarten fortfährt – in den meisten Fällen nur, um bereits Gesagtes mit anderen Worten zu wiederholen. Es gibt Redner, die drei, viermal solche Schlußabteilungen bringen. Sie gleichen dem Manne, der nach dem Abschied immer noch einmal zurückkehrt und damit auch gute Freunde ermüden, jedenfalls aber nicht das Gefühl der Ruhe und Sicherheit erwecken wird. Wie oft verderben die letzten fünf Minuten, was die vorhergehende Stunde aufgebaut hatte. Das Ende der Rede muß ganz bestimmt, klar, fest sein. Hier ist jedes überflüssige Wort vom Übel. Die Aufgabe des Schlusses ist es, nach einer kurzen Zusammenfassung der Vortragsgedanken nun den Willen des Hörers aufzurufen für die erkannte Wahrheit. Darf man die Seele des Hörers mit einer Festung vergleichen, so sind alle Ausführungen der Rede gleichsam Laufgräben, die heranführen sollen, Geschützfeuer, das Bresche legen soll. Der Schluß aber ist der Generalsturm, der nun deine Fahne in der Seele des Hörers siegreich aufpflanzen soll. Eine Rede, die nicht Willen weckt, Entschlüsse zeitigt, dem Streben eine bestimmte Richtung gibt, gehört nicht in das Gebiet der Beredsamkeit. Beredsamkeit bleibt stets die Kunst zu bereden, d. h. in einer Weise zu reden, die den Willen anderer bestimmend beeinflußt. –

Hat man aus der Fülle des Stoffes so viel gewählt, daß der Vortrag höchstens eine Stunde in Anspruch nimmt; hat man Aufgabe und Ziel der Rede klar gefaßt und danach die einzelnen Teile – zumal Einleitung und Schluß – scharf gegliedert, dann gilt es, die dritte Stufe zu ersteigen, auf der es sich um die Wahl des Ausdrucks handelt.

D. Der Ausdruck

Nach der Wahl des Ausdrucks unterschieden die Alten einen höheren, einen mittleren und einen niederen Stil. Uns bietet diese Einteilung wenig. Wir haben uns davor zu hüten, auf die Wahl schöner Worte zu großes Gewicht zu legen. Unsere Zeit der Technik und der Forschung kennt nicht mehr den Kultus schöner Formen, mit dem die Beredsamkeit im Altertum verknüpft war. Wie weit er ging, zeigt das Beispiel der Hetäre *Phryne*, die zur Zeit des Demosthenes wegen Gotteslästerung angeklagt war. Der Verteidiger enthüllte vor den Richtern ihren fein gebauten Körper. Sie war schön; folglich hatte sie recht!

Wir sind von einer solchen Überschätzung des Äußeren in der Rhetorik so weit entfernt, daß, wenn man von einer Rede urteilt, sie sei »schön« gewesen, dieses Lob als sehr begrenzt empfunden wird. Oft verbirgt sich dahinter der Tadel: sie sei *sachlich* nicht befriedigend gewesen. Wir suchen in erster Reihe auch in der Rede Zweckmäßigkeit und finden schön, was klar ohne Aufwand überflüssiger Mittel seine Aufgabe erfüllt. Das Hinausdonnern leerer Behauptungen ohne Stützen und Gründe führt leicht zu dem sprichwörtlich gewordenen »Brustton der Überzeugung«, der in der Regel das Gegenteil des Erhofften erzielt.

Einfache Dinge soll man einfach sagen. Nur große Gesichtspunkte – auch in der besten Rede nur ganz bestimmte Höhepunkte – vertragen erhabenen Ausdruck.

Die Hauptsache ist die Harmonie zwischen Ausdruck und Persönlichkeit. Das volkstümliche Sprichwort fordert in seiner derben Art: »Jeder soll reden, wie ihm der Schnabel gewachsen ist.« Der Berliner Volkston verhöhnt die »frisierte Schnauze«. Alles Unnatürliche und Gekünstelte im Ausdruck stößt ab, weil es als Unwahrhaftigkeit empfunden wird.

In seiner Abhandlung über »Schriftstellerei und Stil«, sagt *Schopenhauer*:

»Der Stil ist die *Physiognomie des Geistes*. Sie ist untrüglicher als die des Leibes. Fremden Stil nachahmen heißt eine Maske tragen. Wäre diese auch noch so schön, so wird sie durch das Leblose bald insipid und unerträglich, so daß selbst das häßlichste lebendige Gesicht besser ist.«

Und *Goethe* mahnt: »Im ganzen ist der Stil eines Schriftstellers (und Redners) ein *treuer Abdruck seines Innern*: will jemand einen klaren Stil schreiben, so sei es ihm zuvor klar in seiner Seele; und will jemand einen *großartigen* Stil schreiben, so habe er einen großartigen Charakter.«

Die Sorge für die Wahrung seiner Eigenart darf natürlich niemand davon abhalten, möglichst viele gute Redner zu hören und sich das Geheimnis ihres Erfolges klar zu machen suchen, wobei man dann allerdings wiederum die alte Erfahrung nicht vergessen soll, daß einem an andern gewöhnlich das besonders gut gefällt, was man selbst entbehrt. Die eigene Begabung hält man in der Regel für selbstverständlich und schätzt sie gering, die anders gestaltete Eigenart des andern besonders hoch.

In mir haben von den vielen Vorträgen, die ich hörte, den größten Eindruck hervorgerufen einige Reden von *Rudolph Sohm*, dem berühmten Mitschöpfer des Bürgerlichen Gesetzbuchs. In ihnen baute er kurze, wuchtige Sätze wie scharf behauene Felsstücke neben- und aufeinander. Aber auch ihre Wirkung beruhte zuletzt doch auf dem Gefühl: Dieser Stil gehört zu diesem Manne. Dieselbe Art zu sprechen würde bei einem Manne anderer Art wahrscheinlich abstoßend wirken.

Von einer ganz anderen aber ebenso eindringlichen Beredsamkeit war die Art *Adolph Wagners*, dessen Redegewalt ja Tausende empfunden haben. An ihr kann man namentlich auch lernen, wie irreführend die landläufige Redensart ist, die von einem guten Redner sagt, er »spricht wie gedruckt«. Der Eindruck des gesprochenen Worts, von einer ganzen Persönlichkeit getragen, war gerade bei *Adolph Wagner* so groß, daß dieselben Worte auf kaltem Papier auch nicht annähernd die gleiche Wirkung auslösen konnten.

Bei der Wahl des Ausdrucks heißt die höchste Kunst: *Individualisieren*!

Auch hier ist die Pädagogik die beste Führerin. wie eine Lektion, die vor 14jährigen Schülern vorzüglich ist, vor 6jährigen unverständliches Geschwätz wäre; wie eine Lektion, die für Schulanfänger ganz ausgezeichnet ist, auf der obersten Schulstufe läppisch erscheinen müßte: so ist auch der Ausdruck eines Vortrags gut oder schlecht, je nach dem Zuhörerkreis, an den er sich wendet.

Vorträge vor einem Zuhörerkreis aus allen Schichten der Bevölkerung sollten keinerlei Sach- und Fachkenntnis voraussetzen. Die Unterrichteten weiden fast stets in der Minderheit sein. Sie kennen die Bedeutung der Sache. Sie wissen, wie wichtig ihre Vertretung ist und werden deshalb gern Bekanntes einmal in volkstümlicher Form wieder hören. Auch in der einfachsten Form muß stets ein gewisses Höhenmaß behauptet werden. Selbst der ungeschulte Mann in der Volksversammlung wünscht nicht, daß der Redner, zu dem er aufsieht, zu dessen Vortrag er gekommen ist, weil er eine Förderung von ihm erwartet, formlos und nachlässig zu ihm spreche. Er empfindet das mit Recht, wenn auch oft unwillkürlich, als Geringschätzung und Mißachtung.

Allerdings ist auch, namentlich in gewissen Kreisen der Halbbildung, die Meinung vertreten, ein klarer Vortrag in einfacher Form, den man völlig verstehen könne, entbehre »der richtigen Tiefe«. Bei manchen Leuten entsteht die Bewunderung erst vor der Unklarheit, und es gibt auch Redner und Schriftsteller genug in Deutschland, die diese geistige Unreife auszunützen bemüht sind. Ihnen gegenüber betont *Schopenhauer*, der selbst zu den klassischen Vertretern deutschen Schrifttums gehört, in schneidender Weise:

»Dunkelheit und Undeutlichkeit des Ausdrucks ist allemal und überall ein sehr schlimmes Zeichen. Denn in 99 Fällen unter 100 rührt sie her von der Undeutlichkeit des Gedankens, welche selbst wiederum fast immer aus einem ursprünglichen Mißverhältnis, Inkonsistenz und also Unrichtigkeit desselben entspringt, wenn in einem Kopfe ein richtiger Gedanke aufsteigt, strebt er schon nach der Deutlichkeit und wird sie bald erreichen: das deutlich Gedachte aber findet leicht seinen angemessenen Ausdruck, was ein Mensch zu denken vermag, läßt sich auch allemal in klaren, faßlichen und unzweideutigen Worten ausdrücken! Die, welche schwierige, dunkle, verflochtene und zweideutige Reden zusammensetzen, wissen ganz gewiß nicht recht, was sie sagen wollen, sondern haben nur ein dumpfes, nach einem Gedanken erst ringendes Bewußtsein davon, oft aber auch wollen sie sich selber und anderen verbergen, daß sie eigentlich nichts zu sagen haben.«

Und an anderer Stelle:

»Und doch ist nichts leichter, als so zu schreiben (und zu reden), daß kein Mensch es versteht; wie hingegen nichts schwerer, als bedeutende Gedanken so auszudrücken, daß jeder sie verstehen muß.« –

Und *Hebbel* mahnt: »Große Gedanken können nicht einfach genug ausgesprochen werden, kleine verlangen Putz! Den Vögeln gab die Natur bunte Federn; beim Löwen läßt sie's bei einfachen Haaren bewenden.«

Einfach sprechen heißt zunächst sich aller Übertreibungen enthalten. »Ein Vernünftiger mäßigt seine Rede«, mahnt die alte Weisheitssammlung der Sprüche *Salomonis;* und von *Bismarck* stammt das Wort, daß jeder Superlativ zum Widerspruch reize. Die Befolgung dieser Mahnung ist in der Rede schwerer als beim Schreiben; denn der Erfolg der Rede hängt am Augenblick. Gefühle und Willen, die nicht in dieser Stunde geweckt werden, bleiben überhaupt ungeweckt. Es ist deshalb wohl verständlich, ja auch geboten, beim gesprochenen Wort mit etwas stärkeren Mitteln zu arbeiten als beim geschriebenen, dessen Wirkung über den Tag hinausreichen kann. Aber gerade ein guter Redner wird mit starken Gefühlsäußerungen zurückhaltend sein. Je sparsamer er damit umgeht, um so sicherer ist er des Erfolges, wenn einmal an entscheidender Stelle seine Worte sich steigern.

Einfach sprechen heißt auch, auf geistreichelnde, gekünstelte Wortspielereien verzichten, schon *Lessing* sagt: »Was ist pöbelhafter als Wortspiele« – ein Urteil, das in dieser Allgemeinheit allerdings auch kein Recht hat, wie Lessing selbst durch das prägen manches schönen Wortspiels (»Kein Mensch muß müssen!«) am besten beweist. In seiner Kapuzinerpredigt bringt *Schiller* eine Fülle der eindrucksvollsten Wortspiele – aber eben in der »Kapuzinerpredigt«, die als solche von vornherein einen vollen Unterton derben Humors verträgt. Sollen Wortspiele auch auf nachdenkliche Hörer wirken, so müssen sie wie jedes feine Gewürz, sparsame Verwendung finden.

Dem Wortspiel verwandt ist der Witz; recht gebraucht, kann er lange Ausführungen ersetzen. *Börne* sagt »ohne Witz kann man nicht auf die Menschheit wirken«. *Schiller* dagegen warnt: »Krieg führt der Witz auf ewig mit dem Schönen.«

Der Redner, bei dem der Witz überwiegt, ist ja oft willkommen; aber seine Worte werden selbst bei denen, die über ihn lachen, bei ernsten Entscheidungen unwillkürlich einen Grad tiefer eingeschätzt. Der tüchtige Mensch will ernst genommen sein!

Einfach sprechen heißt, jedes entbehrliche *Fremdwort* meiden. Manche wenden es an, um in den Augen von Toren als gebildet zu scheinen, und sie erreichen nach einem schönen Wortspiel von *Quintilian* doch nur, daß sie den Gebildeten töricht erscheinen. Neben einer gewissen Sucht zu glänzen, läßt namentlich die Unklarheit der Anschauungen und Begriffe häufig zu Fremdwörtern greifen. Ich selbst habe in der Überzeugung, daß ich einfach und volkstümlich spreche und schreibe, dieser Frage lange nicht genügende Beachtung geschenkt, bis ich beim Lesen von Goethes »Dichtung und Wahrheit« empfand, wie sehr in diesem Meisterstück deutscher Sprache die Fremdwörter als Fremdkörper empfunden werden. Und als ich eine neue Auflage meiner »Geschichte der Nationalökonomie« einmal daraufhin ansah, habe ich auf ihren 840 Seiten doch über 1000 Fremdwörter durch deutsche ersetzen können, und jedesmal zwang mich das deutsche Wort zu einer schärferen Begriffsbestimmung. Für die Redner gilt, was der Präsident der preußischen Justizprüfungskommission *Uhle* von den jungen Justizbeamten in seinem Geschäftsbericht für 1913 erklärte: »Die Gewohnheit, Fremdwörter unnötig anzuwenden, ist noch weit verbreitet. Diese Vorliebe zeigt sich besonders bei *schwachen* Referendaren, denen solche Ausdrücke bisweilen über *mangelnde Schärfe und Klarheit* des Gedankens hinweghelfen sollen.«

Einfach wird der Vortrag auch durch sparsamen Gebrauch der Eigenschaftswörter. Das Eigenschaftswort ist der Feind des Hauptworts. An einer häufig zitierten Stelle in seinem Laokoon (XVIII) setzt *Lessing* das so auseinander: »Wir sagen zwar: Die runden, ehernen, achtspeichigen – aber »Räder« schleppt hinten nach. Wer empfindet nicht, daß die verschiedenen Prädikate, ehe wir das Sub-

jekt erfahren, nur ein schwankendes, verwirrendes Bild machen
können?«

Dazu muß ein einfacher, durchsichtiger Aufbau der einzelnen
Sätze kommen. In der Rede soll man noch viel mehr Punkte setzen
als in der Schriftsprache. Nebensätze sind nach Möglichkeit zu
vermeiden, namentlich die gefürchteten Einschachtelungen, die
»Treppensätze«, wie etwa: »Denken Sie, wie schön der Krieger, der
die Botschaft, die den Sieg, den die Athener bei Marathon, obwohl
sie in der Minderheit waren, erfochten hatten, verkündete, nach
Athen brachte, starb.«

Noch gefährlicher, weil ich selbst damit zu kämpfen habe, scheint
mir die »Daß-Treppe«, z. B.: »Ich fürchte, *daß* es sich nicht verhindern läßt, *daß* die Nachricht durchsickere, *daß* die Stadt das Gelände
ankaufen will, *daß* sie dort eine Schule baue.«

Bei der ersten Ausarbeitung eines Vortrages mag man auch über
Gewohnheitssünden hinwegsehen, um die Gedanken im Zusammenhang festzuhalten und zu ordnen. Beim späteren Prüfen und
Feilen aber soll man gerade gegen seine Lieblingsfehler besonders
schonungslos vorgehen.

Die wichtigste Forderung auf diesem Gebiete ist die *Anschaulich-
keit* der Sprache. Anschauung ist das Fundament aller Erkenntnis.
Eine rein abstrakte Darstellung aufzunehmen erfordert eine Schulung, die auch bei Menschen von allgemeiner Bildung nicht immer
vorausgesetzt werden darf. Jeder betrachtet in einem Buche gern
die Bilder, die ihm die Personen und Zustände, von denen er liest,
gleichsam in Gestalt und Farbe vor Augen führen. Eine Klippe bei
dem Versuch, anschaulich zu reden sind Wiederholungen, Verdop-
pelungen, die man als Entgleisungen wohl einmal durchgehen läßt,
die aber nur selten auftreten dürfen, wenn nicht bei dem urteilsfä-
higen Hörer eine spöttisch- heitere Stimmung entstehen soll, die der
ernsten Rede gefährlich werden muß. Wenn jemand beteuert, daß
es sich in seinem Vortrage »ausschließlich, nur, allein« um die wirt-
schaftliche Seite der Sache handele, so könnte er sich von diesen
drei Angaben zwei ersparen. Auf derselben Linie stehen Verdoppe-
lungen, wie: die »sofortige Barzahlung«, das »neu renovierte« Ge-
bäude, die »bereits gemachten« Erfahrungen und ähnliche.

Das Gegenteil des Erstrebten erreicht an falscher Stelle »erbaulicher« Stil. Ein Pfarrer in einem Badeort lehnt eine Einladung zu einer Segelfahrt ab: »Nein, einem Segelboot vertraue ich mich nicht an, man ist da *zu sehr in Gottes Hand.*« In Breslau will ein Superintendent auch das theologische Examen erbaulich gestalten. Er fragt nach der Theorie des früheren Breslauer Dogmatikers Schmid. Als der Kandidat versagt, will er ihm sagen, daß sie von dem leider verstorbenen Schmid stamme; aber er spricht erbaulich: »Das wissen Sie nicht? Das hat ja der *leider nun selige* Schmid behauptet.« –

Um die Worte möglichst wesenhaft werden zu lassen, bedient man sich der »Bilder« und »Figuren«, von denen die gewöhnlichen Schulbücher lange Reihen aufzählen und mit gelehrten Namen versehen, als da sind: Metapher, Metonymie, Hypallage, Synekdoche, Euphemismus, Hyperbel, Tapeinosis, Litotes, Katachrese, Klimax, Asyndeton, Polysyndeton, Aposiopese, Prosopopöie, Stichomythie, Oxymoron, Paradoxon usw. Ihre mehr oder weniger scharfsinnigen »Definitionen« (in diesem Zusammenhang wäre ein deutsches Wort nicht am Platze) haben für die Praxis wenig Wert: Wohl aber können durch sie leicht die Natürlichkeit und die Freudigkeit des jungen Redners beeinträchtigt werden.

Es gibt Worte und Bilder, die ein Redner vermeidet, weil sie abgebraucht sind – Klichees. Ein junger Dichter, *Franz Werfel*, beginnt ein Gedicht, »Mitleid mit manchen Worten«:

>»Ihr armen Worte, abgeschabt und glatt,
>die Sprache und die Mode hat euch satt.
>Von zuviel Ausgesprochensein verzehrt
>seid ihr schon schal und doch wie sehr bedauernswert.
>So abgegriffen seid ihr und poliert,
>daß jeder Konsonant an Wucht verliert.
>Und was euch einst beschwingtes Leben gab,
>Begriff, Gefühl, sie gleiten von euch ab.«

Solche abgebrauchte Worte und Bilder bilden sich in jeder Sprache. Schon *Tacitus* mahnt: »Halte fern, was wie alte abgetragene Ware wirkt, jeden Ausdruck, der gleichsam mit Rost überzogen ist«, und mitleidig setzt er hinzu »ich will nicht spotten über das »Rad der Fortuna«. Unsere Redner würden mitleidigen Spott wecken, wenn sie zu oft »die Schlange am Busen nähren«, oder »Eulen nach Athen tragen«, oder immer wieder den »Phönix aus der Asche erstehen ließen«.

Handelt es sich lediglich um einen Scherz, mag die Kühnheit des Bildes selbst die Grenzen des Möglichen überschreiten. Wenn bierselige Sehnsucht jammert:

> »Ich wollt' ich war' ein Louisd'or,
> Dann kauft' ich mir gleich Bier davor« –

dann stört der Gedanke nicht im geringsten, daß ein Louisd'or vom Bier keinerlei Genuß haben könnte, zumal, wenn er in den Geldkasten des Schankwirts wandern muß.

Auf der Grenze stehen auch manche freundliche, aber zoologisch nicht ganz einwandfreie Anreden des Unteroffiziers an den Rekruten, z.B.: »Sie sind ein wahres Kamel, es fehlen ihnen dazu nur die Hörner«, und die Verteidigung der hessischen Bauern auf die Vorwürfe schlechten Besuchs des Gottesdienstes: »In die Kirche gehen wir nicht; aber auf die *Religion* sind wir wie der *Deibel*.«

Sobald es sich aber um ernste Ausführungen handelt, muß das gewählte Bild zutreffend sein.

Wenn z. B. *Börne* einmal erklärt: »der Argwohn gleicht dem Rost, der das reinste *Gold* der Tugend verzehrt«, so ist das natürlich falsch, da Gold eben nie rostet. Aber auch an sich erlaubte Bilder wird guter Geschmack in ungeeignetem Zusammenhang vermeiden, z. B.:

»Der eifrige Bürgervorsteher legte den Kollegen den *Schmutz* in der Ostertorstraße *warm ans Herz!*«

»Der *gelbe Neid* zieht sich wie ein *roter* Faden durch seine Handlungen.«

»Der kranke *Magen* ist seine Achilles *ferse*«.

»Leider nahm er sein krankes *Bein* auf die leichte *Achsel*.«

»In den Städten des Orients findet sich ein *Schmutz*, der sich *gewaschen* hat.«

Wer sich klar macht, worin in jedem der folgenden Beispiele das Fehlerhafte liegt, wird leicht die Klippen erkennen, die hier besonders zu meiden sind:

»Dieses Gespenst ist so abgedroschen, daß nur noch ein politisches Wickelkind darauf herumreiten kann.«

»In den Freiheitskriegen wurde er zweimal verwundet, einmal an der Katzbach, das andere Mal an der Schulter.«

»Dieser Antrag ist wie eine Seifenblase, die, wenn man ihr auf den Zahn fühlt, wie Schnee in der Sonne schmilzt.«

»Laßt uns mit beiden Füßen fest auf das Panier treten, das uns leuchtend der Redner voran trägt.«

»Dieser Vorschlag ist ein Kuckucksei, das der zweischwänzige (tschechische) Löwe ins deutsche Nest gelegt hat.«

»Wir stehen mit einem Fuße im Zuchthause, mit dem andern nagen wir am Hungertuch.«

»Die Universitäten gleichen rohen Eiern; kaum berührt man sie, sofort stellen sie sich auf die Hinterbeine und wehren sich.«

Auch geübten Rednern begegnen solche Entgleisungen. Aus dem österreichischen Reichsrat stammen:

»Ein Leichenzug hat zumeist etwas Trauriges an sich, besonders wenn der Verstorbene ein Mensch war.«

»Ich erinnere mich noch sehr genau daran, daß zur Zeit der Geburt meines Vaters die Verhältnisse in dieser Hinsicht ganz anders waren.«

»Ich bin von jeher gewohnt, mir den Schnabel zu wetzen und dann darüber nachzudenken.«

»Mist und Jauche sind für den rationellen Landmann das, was Nektar und Ambrosia für die alten Griechen waren.«

Aus dem *deutschen Reichstage*:

Der Abgeordnete *Westermayer*: »Dieser Paragraph ist wie eine Oase hineingeschneit in eine Wüste.«

Der Abgeordnete *Sieg*: »Während der letzten 35 Jahre habe ich dreimal die Maul- und Klauenseuche gehabt.«

Der Abgeordnete *Albert Träger*: »Der deutsche Reichstag hat das Aussehen einer nicht einmal stark besuchten Generalversammlung von Einsiedlern.«

Der Abgeordnete Graf *Bethusy* soll einmal aufgefordert haben, entschlossen »den *Strom* der Zeit bei der *Stirnlocke* zu fassen.«

Bebel griff einmal eine Fabrik an, »weil sie sich auf das *hohe Roß* setze«.

Der Abgeordnete *Bamberger*: »Es gibt in allen Erörterungen einen Moment, wo man wirklich anfängt, vor lauter Belehrung dümmer zu werden.«

Als sich ein Redner über Beschränkung der Redezeit beklagte, tröstete ihn der Präsident *v. Levetzow*: »Jeder Redner ist beschränkt.«

Bismarck wehrte im Vereinigten Landtag 1847 einen Angriff auf seine vielumkämpfte Judenrede ab: »Der verehrte Redner ist zum dritten Male auf dem etwas *müde* gerittenen *Pferde* auf mich einge-sprengt, welches vorn *Mittelalter* und hinten *Muttermilch* heißt.«

1848 erklärte der österreichische Justizminister in einer Rede an die Wiener Studenten: » *Der Wagen* der Revolution rollt einher und fletscht die *Zähne*.«

In demselben Jahre rief der Berliner Demokratenführer *Ottensoser* das Volk auf: »Machen wir es wie die alten Griechen, die ihre *Schiffe verbrannten*, um frei hinaus ins offene Meer zu *steuern!*«

Deutschlands großer Postmeister *Stephan* entschuldigte einst Mißstände im Telephonwesen: »Das Telephonwesen ist ein *Kind*, das noch in den *Geburtswehen* liegt.«

Der Preußische Finanzminister *von Scholz* erklärte: »Das ist der *circulus vitiosus*, der seit langem wie ein *Unstern* über den Reform-plänen der Regierung schwebt, von allen Seiten aber nur als *spani-sche Wand* vorgeschoben wird, hinter der man sich verbirgt, um nicht Farbe zu bekennen.«

Selbst in gedruckten Reden erster Sprachmeister kann man ähnli-che Fehler finden. So *Herder* (»Von den Ursachen des gesunkenen Geschmacks«): »Mit der Redekunst ging es ebenso: als die Freiheit der Griechen sank, war auch ihr *Feuer* dahin; in Demosthenes war es, wie in der letzten Not, eine auflodernde *Flamme* gewesen. Die

Redekunst *kroch* in Schulen oder enge Gerichtsschranken. Sie *krümmte* sich im Staube und *verstummte*.«

Lassalle erklärte (»Die Wissenschaft und die Arbeiter«): »Der stolzragende *Baum* wissenschaftlicher Erkenntnis ist von einer Zeit der andern *überliefert* worden« – was dem Leben eines Baumes nicht gerade zuträglich sein würde.

Besonders komisch wirken falsche Bilder, wenn sie auf den Stelzen des hohen Stils einherschreiten[1] . In der Zeit der französischen Revolution erklärten die Bürgerinnen von *Avalon* feierlich, »daß sie bisher nur Kinder geboren hätten, – von nun an sollten es nur noch Männer sein". Die Bürgerinnen von *Clermont-Ferrand* übermittelten der gesetzgebenden Versammlung ihren Beschluß: »Von jetzt an werden wir unsere Kinder mit unverderblicher Milch nähren, die wir mit der Essenz der Freiheit klären werden.«

Mit allem Fleiß soll man sich vor derartigen Entgleisungen hüten, wenn sie auch kein lebhafter Redner völlig wird vermeiden können. Aber die Furcht vor solchen Entgleisungen darf uns auch nie vergessen lassen, wie sehr der Gebrauch guter Bilder unsere Gedanken anschaulich gestaltet und unsern Worten Kraft verleiht.

Ebenso wichtig wie gute Bilder sind treffende Vergleiche. Wie durch einfachste Mittel tiefste Fragen veranschaulicht und geklärt werden können, zeigen die Gleichnisse des Neuen Testaments. Nehmen wir ein Beispiel aus der alten und aus der neuen Geschichte: *Demosthenes* rief nach der Ermordung König *Philipps* Hellas auf, das makedonische Joch abzuschütteln. Philipps Sohn, *Alexander der Große*, erstickte die freiheitliche Bewegung aber im Keim durch die furchtbare Zerstörung Thebens. Als die Athener darauf um Frieden baten, forderte er, daß ihm Demosthenes ausgeliefert würde. In der entscheidenden Versammlung schienen viele geneigt, auf diese Bedingung einzugehen. Da rettete *Demosthenes* die Ehre seiner Vaterstadt und sich selbst durch den Vergleich eines solchen Friedens-

---

[1] Wie ich eben bei der Durchsicht der ersten Ausgabe sehe, habe ich in diesem Satze selbst ein unrichtiges Bild gewählt; es mag aber stehen bleiben als ein Beweis, wieviel leichter das Warnen als das Bewahren gerade auf diesem Gebiete ist.

vorschlages mit einem Antrage von Wölfen an Schafe: Sie versprä-
chen Frieden, wenn diese alle Wächter und Schäferhunde ausliefer-
ten. Darauf weigerte sich Athen, auf die Bedingung *Alexanders* einzugehen, und dieser, der sich nicht mit einer langen Belagerung
aufhalten konnte, verzichtete auf die Auslieferung des gefürchteten
Redners. –

Ich will die Politik bekämpfen, die sich begnügt mit einem Her-
umdoktern an Symptomen, wie Alkoholismus, Verbreitung der
Tuberkulose, Geschlechtskrankheiten, Verrohung der Jugend, und
sich feige vorbeidrückt an einer der tiefsten Ursachen: Mißbrauch
mit dem Boden und der daraus entspringenden Wohnungsnot. Ich
kann das an folgendem Beispiel veranschaulichen. Der vor kurzem
verstorbene *Professor* an der Universität Basel, *v. Bunge*, hat einmal
eine Geschichte erzählt, die mir so im Gedächtnis geblieben ist: »Ich
besuchte einen alten Freund, den Leiter einer großen Anstalt für
Geisteskranke. Ich fragte ihn, ob es nicht sehr schwer sei, die Grenze
zu finden, die den Sonderling von dem Geisteskranken trenne, zumal es völlig normale Menschen doch kaum gebe. Da sagte der
erfahrene Mann: Theoretisch ist es sehr schwer; aber ich habe im
Laufe der Zeit ein Mittel gefunden, das mir gute Dienste leistet. Die
Kranken, bei denen ich zweifelhaft bin, lasse ich in ein Badezimmer
führen. Die Wasserhähne sind geöffnet; das Wasser droht über die
Badewanne zu strömen. Ich bitte die Kranken, das zu verhindern,
und weise auf allerlei Schöpfgeräte hin. Dann lasse ich sie allein,
beobachte sie aber durch ein Schiebefenster. Manche Kranke beginnen sich zu streiten, ob sie besser mit einer Kanne oder mit einem
Eimer schöpfen und beginnen um dieses Streites willen überhaupt
nicht mit der Arbeit. Andere nehmen das erste beste Gerät und
treiben ihre hoffnungslose Arbeit mit stiller Befriedigung; noch
andere aber halten bald inne, wenn sie sehen, daß trotz ihrer Arbeit
das Wasser steigt, sehen sich prüfend die Einrichtung an und
schließen zunächst den Wasserhahn. Die ersteren sind noch sehr
krank, und nur die letzten sind gesund.« – Als ich diese Erinnerung
Bunges gelesen hatte, schloß ich das Buch und sah vor mir unsere
Regierungsmänner und Parteiführer, wie sie Tuberkuloseheime
bauen, Erziehungshäuser, Krankenhäuser und doch nicht die Quelle: Bodenmißbrauch und Wohnungselend verstopfen, und ich fragte

mich, was würde wohl der erfahrene Leiter der Krankenanstalt zu solcher Arbeit sagen?

Die Beispiele aus dem wirklichen Leben werden um so wirkungsvoller sein, je mehr charakteristische Einzelheiten sie enthalten. »Detaillieren heißt interessieren«. Einzelheiten geben Farbe, Umriß, ziehen mannigfache Verbindungslinien zu bereits vorhandenen Vorstellungen in der Seele des Zuhörers.

Ein bekanntes Schulbeispiel aus Bodenreformvorträgen von dem Bauern in Britz kann z. B. so erzählt werden: Das Grundstück eines Bauern in Britz von 8 Morgen Größe erfuhr durch die Eröffnung eines Bahnhofs in seiner Nähe eine Wertsteigerung von 1 250 000 Goldmark. Das ist ein Fall, der uns zeigt, wie durch Verkehrsverbesserungen unverdienter Wertzuwachs erzeugt wird.

Wie ganz anders wirkt dieses Beispiel mit seinen Einzelheiten, etwa so erzählt:

In Britz bei Berlin lebte ein Landwirt, der 8 Morgen Acker besaß. Er wollte sie verkaufen und forderte 50 000 Goldmark dafür. Kein Mensch gab ihm diesen Preis; denn Brandenburger Sandboden ist als Grundlage landwirtschaftlicher Arbeit kaum den zehnten Teil so viel wert. Da wird ein Bahnhof in der Nähe gebaut. Eine billige Verbindung mit Berlin ist geschaffen. Jetzt kommt die Terrainspekulation – natürlich, wo auf Kosten der Gesamtheit Verbesserungen irgendwelcher Art erzielt werden, da finden sich kluge Leute, die diese Kulturarbeit der Gesamtheit für sich nutzbar machen wollen. Eine Terraingesellschaft erklärt sich bereit, dem Landwirt die 8 Morgen abzukaufen. Ja, sagt dieser, ich will wohl verkaufen; aber nun kostet dieses Stück »natürlich« nicht mehr 50 000 Goldmark, sondern weil jetzt ein Bahnhof in der Nähe steht, fordere ich 1 300 000 Goldmark. Dem Mann schien das »natürlich«; denn diese Wertsteigerung hatte er ja in Schöneberg und Rixdorf und den anderen Nachbarorten oft genug erfahren, und auch der Terraingesellschaft erschien das »natürlich«, und sie bewilligte anstandslos den geforderten Preis. Man sagt oft, um Bodengewinne zu erzielen, sei die Aufbietung einer hohen Intelligenz nötig. Wäre es so, so würde das für die Berechtigung dieser Gewinne noch gar nichts bedeuten; denn zur Herstellung falscher Tausendmarkscheine gehört zweifellos auch eine Intelligenz und eine Fertigkeit, die nur wenige besitzen. Daß in unserem Fall aber von besonderen geistigen Fähigkeiten nicht geredet werden kann, zeigen die näheren Umstände der Kaufhandlung, die das »Grundeigentum«, das Organ der Berliner Hausbesitzer, erzählt. Der Britzer Bauer verlangte, daß ihm eine Million bares Geld auf den Tisch gelegt werde. Und als man ihm die verlangte Summe in Tausendmarkscheinen aufzählte, entquoll seinen Lippen das bezeichnende wort: »Kourant wäre mir lieber gewesen.« Der Mann hatte wohl erwartet, daß man ihm eine Million in harten Talern aufzählen könnte. Er wußte also gar nicht, welch ungeheuren Reichtum ihm unser heutiges Bodenrecht ohne jede Gegenleistung in den Schoß warf. Aber die Hausbesitzer, die später auf diesem teuren Boden bauen und die hohen Hypothekenzinsen aufbringen müssen, und die Mieter in engen Wohnungen ohne Luft und Licht, in teuren Werkstätten und Geschäftsräumen, die aus dem Ertrag ihrer Arbeit die Summen dauernd abgeben müssen, die diesen »schönen« Gewinn verzinsen, sie fühlen es, ob es ihnen zum Bewußtsein kommt oder nicht, was es heißt, wenn dieses Vaterland unter ihren Füßen ein Gegenstand der Ausbeutung werden kann!

Was bedeutet aber der arbeitslose Gewinn von 1 250 000 Goldmark? Mehr als 60 v. H. deutscher Familienväter haben ein Jahreseinkommen von unter 1000 Goldmark. Wenn also eine deutsche Familie, die zu dieser Mehrheit unseres Volkes gehört, unter *Karl dem Großen* angefangen hätte zu arbeiten, so hätte sie bis zum heutigen Tage noch nicht so viel durch Arbeit in unserem Volke erwerben können, wie hier ein Mann zufällig durch Bodeneigentum erwerben konnte, weil auf Kosten der Gesamtheit eine neue Verkehrsverbesserung geschaffen wurde!

Oder nehmen wir an, daß der Geistliche oder der Lehrer oder der Postvorsteher oder ein Handwerker oder ein Landwirt in Britz im Jahre 2500 Goldmark Einkommen hätte, so müßte ein solcher Mann seine notwendige und verantwortungsvolle Tätigkeit fünfhundert Jahre lang ausüben, um von unserem Volke als Lohn ehrlicher Arbeit so viel zu erhalten, wie hier ohne jede Arbeit einem zufälligen Bodeneigentümer zugewachsen war. Und nun denken Sie, wieviel Steuern, direkte und indirekte, eine deutsche Familie in fünfhundert Jahren zu zahlen hätte, und dann fragen Sie sich, ob es gerecht ist, daß man heute die Arbeit in jeder Form belastet und dabei derartigen unverdienten Wertzuwachs nicht für die Gesamtheit nutzbar macht? Nehmen wir die weitgehende Forderung, daß 80 v. H. dieses unverdienten Gewinns für Gemeinde und Staat eingezogen würden, dann hätte allerdings der unglückliche Besitzer »nur« 250 000 Goldmark ohne jede Gegenleistung an der deutschen Volkswirtschaft gewonnen. Aber die 1 000 000 Mark, die Staat und Gemeinde sich teilen könnten, brauchten dann nicht erhoben zu werden in Abgaben irgendwelcher anderer Art oder in Zuschlägen auf Einkommen- und Gewerbesteuern!

Ein solches Beispiel mit bestimmten Einzelheiten wirkt lange nach. Das erzählt der Einzelne im Familien- und Kollegenkreise wieder. An ihm wird in der Hauptsache die ganze Theorie der Bodenreform vom Wesen der Grundrente und von der Notwendigkeit ihrer Nutzbarmachung für die Kulturaufgaben der Gesamtheit geradezu bildlich dargestellt.

Bei der Auswahl der Beispiele, die man dem wirklichen Leben entnimmt, muß man Ort und Stunde wohl in Betracht ziehen. Bodenwertsteigerungen in der Höhe von Millionen machen in Mittel- und Kleinstädten wenig Eindruck und wecken unter Umständen nur das Mißverständnis, daß die Bodenreform lediglich für Großstädte Bedeutung habe. »Solche Verhältnisse kommen bei uns ja nicht vor!« Man nimmt hier besser Beispiele aus kleineren Orten, auch wenn die Wertsteigerungen nicht so schroff und schnell vor sich gegangen sind.

Für viele Kreise werden auch glückliche Beispiele aus der Literatur von besonderer Wirkung sein. Ich will z. B. zeigen, daß der Kampf um die Bodenreform etwas Großes sei, etwas, was Menschenherzen zu befriedigen und zu erheben vermag. Das kann ich erreichen, indem ich nachweise, daß alle Erhöhungen des Gehalts, des Lohnes, der geschäftlichen Einnahmen zuletzt doch wieder durch die Erhöhung der Bodenpreise und ihrer Töchter: der Mietpreise für Wohnungen und Arbeitsräume, aufgesogen werden. Sehr oft aber wird wirkungsvoller als alle theoretischen Überlegungen ein einfacher Hinweis sein, daß *Schiller* die organische Verbindung der Menschheit mit dem Boden entscheidend sein läßt für ihren

Aufstieg zur Kultur: »Daß der Mensch zum Menschen werde, stift er einen ew'gen Bund gläubig mit der frommen Erde, seinem müt- terlichen Grund.«

In Norddeutschland wird ein Hinweis auf *Reuters* erschütterndes Schicksal des arbeitsfreudigen und arbeitsfähigen Menschen, dem Herrenlaune » *kein Hüsung*« gewährt, wirken, wie in Süddeutsch- land und Österreich auf *Roseggers* »Jakob der Letzte«. Am stärksten aber wird das größte Dichtwerk deutscher Sprache wirken, *Goethes* Faust. In diese Gestalt hat unser erster Dichter alle deutsche Sehn- sucht hineingelegt. Faust findet nicht dauerndes Genügen in Wis- senschaft und Frauenliebe, nicht in Kaisergunst und Reichtum, nicht im Versenken in klassische Schönheit – sondern allein in der Arbeit für die Zukunft. Neuland will er gewinnen. Und der Gedan- ke, darauf Räume zu eröffnen, »vielen Millionen, nicht sicher zwar, doch tätig-frei zu wohnen«, das weckt in seinem Herzen endlich das Gefühl des vollen Genügens:

> »Solch ein Gewimmel möcht ich sehn,
> Auf freiem Grund mit freiem Volke stehn.
> Zum Augenblicke dürft' ich sagen:
> Verweile doch, du bist so schön.«

So zeugen die ersten Vertreter deutschen Geisteslebens, wie sehr deutsche Bodenreformer das Recht und die Pflicht haben, um die Herzen und Köpfe der Besten in unserm Volke zu werben; denn sie erstreben für den Boden, der Grundlage alles nationalen Seins, ein Recht, das jeden Mißbrauch mit ihm ausschließt und seinen Ge- brauch als Werk- und Wohnstätte fördert, damit unser Vaterland jeder redlichen Arbeit in Stadt und Land ehrliches Brot und eine gesicherte Heimstätte biete – ein Recht, das auch unsere Reichsver- fassung als Kern der »Grundrechte des deutschen Volkes« (§ 155) aufgestellt hat und von dessen Erfüllung wesentlich unser sozialer Friede und nationaler Aufstieg bestimmt werden wird.

E. Das Aneignen

Wie mache ich nun den sorgsam ausgewählten Stoff, den ich scharf gegliedert und dessen Ausdruck ich mir genau überlegt habe, zu meinem geistigen Eigentum?

In vielen Fällen wird man wichtige Reden wörtlich ausarbeiten. Beim bloßen Durchdenken überfliegt der Geist doch gar zu leicht Lücken und Widersprüche. Beim wörtlichen Ausarbeiten dagegen ist er gezwungen, Schritt für Schritt zu gehen und jede Schwierigkeit ins Auge zu fassen. Mir ist das schriftliche Ausarbeiten eine Qual, weil mir das eigene Schreiben, auch Stenographieren, nicht schnell genug geht und ich bei der Arbeit des Schreibens die aufsteigenden Gedanken nicht festzuhalten vermag. Ich diktiere den Vortrag, und zwar ohne mich im ersten Entwurf auf einzelne Verbesserungen einzulassen. Es kommt dabei in der Hauptsache darauf an, den durchdachten Plan einmal entschlossen durchzuführen. Einen Tag oder einige Tage später fange ich mit der Feder in der Hand an, den Vortrag durchzuarbeiten. Dann können die einzelnen Verbesserungen nicht mehr den Aufbau stören, sondern müssen sich in den Rahmen des Ganzen einfügen.

Viele begnügen sich nun damit, gut durchgearbeitete Reden vorzulesen. Ich habe manchen klugen Mann gehört, der dieses Vorlesen zu einer gewissen Meisterschaft gebracht hatte. Und Vorträge, die nur bestimmtes Wissen übermitteln wollen, mögen wohl auch so ihre Aufgabe erfüllen. Unsere Sprache scheidet sie aber fein von der freien Rede und nennt sie »Vorlesungen«. In ihnen kann es sogar geboten sein, das Manuskript wenigstens vor sich auf dem Tisch liegen zu haben, gleichsam als Beweisstück, daß der dargebotene Wissensstoff wirklich sorgsam durchdacht und geprüft ist. Aber auch diese Vorlesungen werden in der Regel um so wirkungsvoller sein, je weniger sie Vorlesungen im Wortsinn bleiben. Diese Art von Vorträgen aber gehört nicht in das Gebiet der Redekunst im engeren Sinne, d. h. der Beredsamkeit, die den Willen der Menschen beeinflussen will.

Wer das will, muß sich von der Niederschrift befreien.

Vorlesen kann der Mensch auch etwas, was nicht sein Eigentum ist, etwas nur äußerlich Angenommenes. Ja, Geschriebenes kann sehr leicht auch Vorgeschriebenes, d. h. Aufgezwungenes sein. Das fühlt der Hörer natürlich, wozu dann noch unwillkürlich der Gedanke tritt, daß man das Lesen zu Hause bequemer selber besorgen könnte. Das Vorlesen endlich macht die persönliche Berührung mit dem Hörer unmöglich; es verhindert, daß Auge sich mit Auge kreuzt, daß sich gleichsam eine elektrische Leitung zwischen dem Redner und dem Hörer bildet.

Wer sich entschließt, auf das Vorlesen zu verzichten, der ist oft geneigt, die Rede auswendig zu lernen, um sie dann »herzusagen«. Jeder tut das zuerst. Die ersten drei oder vier Vorträge habe auch ich auswendig gelernt. Aber ich kam bald davon los. Es war ein Vortrag über die französische Revolution, den ich in einer Berliner Ortsgruppe des Deutschen Gewerkvereins der Tischler hielt. Die Tatsache, daß ich denselben Vortrag in mehreren Gewerkvereinen halten mußte, half mir, mich bald von meinem Irrtum zu befreien. Während ich am ersten Abend Wort für Wort hersagte, glücklich, als der letzte Satz zu Ende war, war ich das zweite Mal durch diesen Erfolg schon viel sicherer und ließ aus und setzte zu, und beim dritten und vierten Male ging ich schon ziemlich frei mit dem Stoffe um, eben weil ich das Gefühl hatte, im Notfall kannst du es immer irgendwie zu Ende bringen.

Ein auswendig hergesagter Vortrag, und sei er noch so sicher einstudiert und noch so schön betont, muß immer eine gewisse Kälte ausströmen. Das auswendig Gelernte bleibt stets etwas Fremdartiges. Es ist ja nicht das, was der Mensch in diesem Augenblick denkt und fühlt, sondern das, was er vielleicht vor drei oder acht Tagen gedacht und gefühlt hat. Und dieses Fremde empfinden die Zuhörer, vielleicht unbewußt, so daß die Worte nicht die Wirkung des Unmittelbaren auslösen können. Dazu kommt der große Unterschied zwischen der Schriftsprache und der Sprechsprache. Die Ausarbeitung wird naturgemäß immer etwas von dem Charakter der Schriftsprache an sich haben. Und »sprechen wie ein Buch« sagt *D'Alembert,* »ist ein schlimmes Lob; denn das heißt immer affektierter Stil.« Und wie der Franzose, so urteilt der Engländer. Der große

Parlamentsredner *Fox* pflegte zu sagen: »Liest sich die Rede gut? Ja? – Nun, dann war es eine schlechte Rede.« Und der Deutsche *Vischer* mahnt scharf und bestimmt: »Eine Rede ist keine Schreibe!«

Glatte Vorträge sind nicht immer die wirkungsvollsten. Als ich nach einem gefeierten Kanzelredner fragte, antwortete mir der frühere Präsident der lutherischen Kirche des Elsaß: »Seine Reden gehören zu denen, die den Fehler haben, keinen Fehler zu haben.«

Jede gute Rede ist ein Gespräch, wenn auch laut nur einer spricht. Wer am feinsten fühlt, was als Gegenrede in den Seelen der Hörer aufsteigt an Einwendungen, Zweifeln, Fragen, Zustimmung, wird seine Rede am wirkungsvollsten gestalten können. Deshalb kann auch ihr Wortlaut erst während der Rede selbst geformt werden. Das kann natürlich nur der Redner, der durchaus Herr des Stoffes ist. Dabei mag man, wie im Gespräch, wohl auch die gewohnte Wortfolge ändern, indem man z. B. wichtige Wörter an den Anfang oder an den Schluß des Satzes stellt. So läßt *Schiller* sprechen: »Ans Vaterland, ans teure, schließ dich an!« oder »Nichtswürdig ist die Nation, die nicht ihr Alles freudig setzt an ihre Ehre!« Und *Fichte* schloß seine berühmten Reden: »Die Reden, die ich hierdurch beschließe, haben freilich ihre laute Stimme zunächst an *Sie* gerichtet; aber ich habe im Auge gehabt die *ganze deutsche Nation.*«

Sogar ein Abbrechen der Konstruktion, das Ersetzen eines Satzteils durch eine Handbewegung: alles das ist in der lebendigen Sprache nicht nur erlaubt, sondern am rechten Platze sogar von besonderer Wirkung.

Wie aber soll ich mir nun ohne Auswendiglernen den Stoff sicher aneignen?

Ich habe folgenden Weg als zweckmäßig erprobt:

Mein Rede-Entwurf hat einen breiten Rand. Auf diesen schreibe ich Stichworte, gleichsam Überschriften über den danebenstehenden Abschnitt. Diese Stichworte werden auf einem Zettel nach Haupt- und Unterabteilungen, d. h. mit lateinischen und arabischen Ziffern, mit lateinischen und deutschen Buchstaben übersichtlich geordnet. Mit dem Merkzettel in der Tasche denke ich nun den Vortrag irgendwo, am liebsten auf einem Spaziergang, durch. Habe ich einen Hauptteil durchdacht, prüfe ich die Stichworte. Ist eines mit dem dazu gehörigen Abschnitt vergessen, so frage ich mich: Wer ist schuld, ich oder der Abschnitt? – d. h. ist vielleicht der Abschnitt überhaupt unnötig, ja störend? Dann wird er natürlich sofort gestrichen, von besonderer Wichtigkeit ist die Prüfung der Übergänge: Wo ergeben sie sich leicht und natürlich? Wo kann ich sie nur künstlich erzwingen? Habe ich so einmal oder mehrere Male die Probe gemacht, bin ich also meiner Sache sicher, dann schreibe ich den Zettel noch einmal selber ab (schreiben ist stets auch lesen!) und füge dazu an ihre Stelle alle Eigennamen, alle Zitate, die ich wörtlich bringe, und alle statistischen Angaben, die ich machen will. Das tue ich auch, wenn ich Namen und Zahlen genau im Gedächtnis zu haben glaube. Man weiß nie, welche Zwischenfälle eine Versammlung bringen kann, ob nicht die Aufmerksamkeit auf ganz andere Dinge gerichtet werden muß, als auf die Wiedergabe von Namen und Zahlen.

In der Regel brauche ich den Merkzettel gar nicht. Es ist aber ein Gefühl der Sicherheit, ihn in der Hand oder auf dem Pult oder wenigstens in der Tasche zu wissen. Kurze Zitate vorlesen (lange haben in einer Volksversammlung überhaupt kein Recht), schadet nicht, es erhöht vielmehr den Eindruck der Zuverlässigkeit.

Wie aber, wenn nun trotz guter Vorbereitung ein Bild versagt oder ein Ausdruck fehlt, und man hat den Text der Rede nicht vor sich, sondern nur den Merkzettel mit den Stichworten? Nun dann sucht man eben nach dem Bilde oder nach den Worten! Ein solches Suchen kommt auch im Gespräch vor. Es schadet auch im freien Vortrag nichts.

Unter Umständen kann es sogar förderlich sein. Der Hörer denkt und sucht mit, freut sich, daß nicht er selbst, sondern ein anderer in dieser Verlegenheit ist, empfindet ein gewisses Mitleid, was immer günstig stimmt, und atmet mit dem Redner erleichtert auf, wenn er die Schwierigkeit überwunden hat. Ein englisches Parlamentsmitglied empfahl sogar, aus solchen Erwägungen heraus öfter freiwillig »zu zaudern und zu stocken«. Doch das ist ein schlechter Rat. Auch der beste Redner weiß nicht, ob ihn nicht wirkliche Not häu-

fig genug in diese Lage bringen kann, und natürlich dürfen solche
Verlegenheiten immer nur seltene Ausnahmen bleiben.

Was aber soll man tun, wenn mitten in der Rede ein gelegentli-
cher Blick auf den Merkzettel zeigt, daß man im Eifer einen ganzen
Teil der Rede ausgelassen hat? Zunächst nichts, sondern ruhig dort
fortfahren, wo man sich gerade befindet. Läßt sich unauffällig am
Schluß des zu kurz gekommenen Teils der vergessene Abschnitt
einschieben, so mag man es tun. Wendungen, wie: »fast hätte ich
vergessen«, oder »Sie werden noch fragen« und ähnliches sind ja zu
solchen Übergängen geeignet.

Macht die Einordnung an dieser oder an einer anderen Stelle
Schwierigkeiten, so lasse man das Ausgelassene ruhig aus! während
der Rede müssen die Gedanken vorwärts gehen und nicht zurück.
Möchte man den vergessenen Teil aber doch mitteilen, so bietet das
Schlußwort dazu wohl stets Gelegenheit. Das kann man sich ja gewöhnlich auch geben lassen, wenn gar keine Aussprache stattge-
funden hat: »Ich möchte doch noch dem Vorhergegangenen ergänzend hinzufügen.« Findet aber eine Aussprache statt, so ist es in
vielen Fällen wohl möglich, in der Pause, die in der Regel zwischen
Vortrag und Aussprache stattfindet, einen Freund zu bitten, eine
Frage schriftlich oder mündlich zu stellen, deren Beantwortung
zwanglos Gelegenheit gibt, das Versäumte nachzuholen.

Häufig wird Anfängern in der Redekunst empfohlen, aus guten
Büchern laut vorzulesen. Solche Übungen haben gewiß ihren Wert.
Man gewöhnt sich an den Ton seiner Stimme und kann sich eine
deutliche Aussprache und sinngemäße Betonung aneignen. Aber
dieser Weg ist doch auch nicht bedenkenfrei. Bücher bieten naturgemäß immer Schreibstil, d. h. eben den Stil, den ein guter Redner
überwinden muß.

Dazu kommt, daß das Lesen einen anderen Tonfall gleichsam er-
zwingt, als das freie Sprechen. Ohne den Inhalt zu verstehen, kann
man doch ohne weiteres beurteilen, ob in einem Nebenraum jemand vorliest oder frei erzählt, so sehr sind beide Ausdrucksarten
verschieden. Und ebenso wirken sie auch. Wenn ich ermüdet auf
einer Reise bin, kann es wohl geschehen, daß ich beim Vorlesen
auch eines bedeutenden Buches einschlafe, was selbst bei einem

mittelmäßigen Gespräch kaum möglich ist. Ein Vortragender hat diesen Vorleseton beim Hersagen von Auswendiggelerntem. Will er wirken, muß er sich unter allen Umständen von ihm befreien.

Will sich jemand allein schulen, so scheint folgender Weg am meisten Erfolg zu versprechen: Man lese aufmerksam einen Abschnitt von 2-4 Seiten, mache sich dann unabhängig von dem Buch einen Merkzettel mit der Gliederung, wie ich sie oben angedeutet habe. Dann prüfe man, ob alle wesentlichen Gedanken des gelesenen Abschnitts in der Gliederung wiedergegeben sind. Hierauf halte man mit dem Merkzettel in der Hand in seinem Zimmer eine Rede über das Gelesene und zwar stehend mit lebendigem Ausdruck. Am zweckmäßigsten beginne man mit rein erzählenden Abschnitten; werbende und kämpfende lasse man erst später folgen. In der neuesten Auflage meiner »Bodenreform«, »Grundsätzliches und Geschichtliches zur Erkenntnis und Überwindung der sozialen Not« (136. Tausend, G. Fischer, Jena), habe ich, um auch nach dieser Richtung unseren Freunden zu dienen, die Gliederung scharf durchgeführt. Ich empfehle, zunächst Abschnitte zu nehmen, wie »Die letzten Bodenreformer Spartas«, »Tiberius und Gajus Gracchus« oder Teile aus dem Leben Henry Georges oder aus den Kapiteln: »Die Bodenreform und Israel« und »Die deutsche Bodenreform«. Nach den erzählenden Darstellungen kämen in Betracht mehr theoretische Abhandlungen, die aber auch zunächst nur Tatsachen wiedergeben, wie »Stand und Bedeutung der Wohnungsfrage«, »Mietsteigerung und Lohnerhöhung«, »Die sittliche Bedeutung der Zuwachssteuer« und erst zuletzt werden Abschnitte durchzuarbeiten sein, wie die Auseinandersetzung mit der Malthus'schen Bevölkerungslehre oder mit dem Kommunismus, z. B. »Das Gesetz der kapitalistischen Akkumulation« oder »Am Tage nach der Revolution«.

Bald kann man einen Schritt weiter gehen und einen Freund dazu bewegen, an der Hand des Buches den Vortrag prüfend anzuhören. Es muß aber ein verständiger Helfer sein, der den Unterschied zwischen einer Schreibe und einer Rede wohl versteht, und der weiß, daß es darauf ankommt, nicht die Worte des Buches herzusagen, sondern in freiem Ausdruck das Erlesene wiederzugeben.

Weitere Schritte vorwärts bedeutet es, wenn man die gegebenen Beispiele durch solche aus eigener Erfahrung ergänzt, einzelne Teile des Gelesenen durch ähnliche Ausführungen ersetzt. So wird nach und nach die Rede immer mehr eigene Gedanken, Bilder, Vergleiche wiedergeben.

Tun mehrere Freunde sich zusammen, so kann ohne viel äußerliches Drum und Dran eine zwanglose Gemeinschaft zur Förderung der Redekunst entstehen, deren Mitglieder sich manchen wertvollen Dienst zu leisten vermögen, natürlich nur, wenn ehrliche Aussprache eine Selbstverständlichkeit ist, die schonend, aber fördernd geübt und ohne verletzte Eigenliebe aufgenommen wird.

Das wichtigste Ziel auf der Stufe der Aneignung ist, sich den zum Vortrag bestimmten Stoff so zu seinem geistigen Eigentum zu machen, daß unser Wort nicht als etwas Äußerliches erscheint, sondern als etwas, das aus unserer Persönlichkeit geboren wird. Dazu ist aber durchaus nötig, sich von dem Wahn zu befreien, als könne man sein geistiges Eigentum nur in vorher bestimmt festgelegten, gleichsam erstarrten Worten wiedergeben. Erst dann ist man wirklich Herr der Form, wenn man sie nach den Bedürfnissen der Stunde zu wandeln vermag.

Der bekannte sozial-konservative Führer *Hermann Wagener*, der Gründer der »Kreuzzeitung«, erzählt in seinen Erinnerungen »Erlebtes« von der ersten Gelegenheit, bei der er eine parlamentarische Stellung gewann:

»Meine Rede wurde nicht allein von meinen Freunden als eine Leistung anerkannt, sondern übte auch einen gewissen Einfluß auf die Regierung, sowie auf die Gegner aus. Es war mir dies dadurch möglich geworden, daß ich über die einschlagenden Tatsachen ziemlich *gründlich* informiert war und ich daher den Gegenstand *vollständig beherrschte*, und daß ich dabei die Vorsicht beobachtet hatte, meine Rede gehörig *auszuarbeiten*, dieselbe aber alsdann, entsprechend dem Stadium der Debatte, wo ich zum Worte kam, in *modifizierter* Weise zu halten.« –

»Hast Du den Gedanken einmal *fest* und *klar* ergriffen«, sagt *Fichte*, »dann drücke ihn selbst aus, wie Du willst, und so mannigfaltig

als Du willst: Du bist sicher, daß Du ihn immer gut ausdrücken
wirst.«

F. Der Vortrag

Mancher scheitert noch auf der letzten Stufe. Er hat den gewählten Stoff klug gegliedert, hat sich den fein geprüften Ausdruck zum geistigen Eigentum gemacht und wagt nun doch nicht, ihn vor einem größeren oder kleineren Kreis von Menschen vorzutragen. Und doch hat *Cicero* recht, wenn er unter Berufung auf *Demosthenes* gerade dem Vortrag die höchste Bedeutung beilegt; denn er allein ist es, der den lebendigen Redner schafft. Die vorhergehenden Stufen muß auch der rhetorische Schriftsteller, d. h. der Verfasser von Kampfschriften und Flugblättern, mitbeschreiten.

Manchmal läßt die Befangenheit sich durch die bekannte Überlegung mildern, die *Sokrates* mit einem schüchternen Schüler anstellte:

»Würde es Dich wohl in Verlegenheit bringen, wenn Du einem Gerber die Sache auseinandersetzen solltest?«

»Warum sollte mich das in Verlegenheit setzen?«

»Gewiß würdest Du Dich aber scheuen, einem Kaufmann Deine Pläne zu entwickeln?«

»Gewiß nicht.«

»Würdest Du Dich scheuen, Deinem Nachbarn Deine Gedanken mitzuteilen?«

»Nein, das tue ich alle Tage.«

»Nun, dann überlege Dir doch, daß die ganze Volksversammlung aus lauter solchen Menschen besteht, denen Du einzeln Deine Gedanken in voller Unbefangenheit vortragen würdest, warum willst Du es nicht ihnen allen gemeinsam tun?«

Allerdings, bist Du Redner, wirst Du bald lernen, daß Sokrates, der ja selbst nie öffentlich zum Volk gesprochen hat, in dieser Unterweisung nicht erschöpfend war. Du spürst es bald, welche Wirkungen von einer zahlreichen Hörerschaft ausgehen und welche von einer spärlichen. Die Masse ist nicht ein Zusammenzählen Einzelner, wie etwa eine Kiste voller Getreidekörner, sondern in der Masse entstehen, wie durch chemische Verbindungen, neue Eigenschaften, neue Kräfte. Sie ist Taten fähig wie kein Einzelner – nach der furchtbaren und nach der erhabenen Seite. Wenn die Alten die Stimme des Schicksals oder der Vorsehung durch den Chor darstellen ließen, so hatten sie ein Gefühl für das Geheimnis des Unbewußten der Masse. Ein Redner, der nicht ein Knecht der Masse, sondern ihr Führer sein will, darf nie ermüden. Tausend gute Dienste schützen nicht vor dem Verderben, das aus *einer* müden Stunde aufsteigen kann. Nicht nur Propheten schlägt die Masse gutgläubig ans Kreuz.

Die Befangenheit, die manche Redner geradezu in krankhafte Aufregung versetzt, haben auch viele von denen erfahren müssen, die später zu den sichersten gehörten. So erzählt *Eugen Richter* in seinen »Erinnerungen«, wie er einige Zeit vor seiner ersten Parlamentsrede aus dem Abgeordnetenhause herausgestürzt und mehrere Mal um den Dönhofsplatz herumgelaufen sei, immer bestrebt, das Lampenfieber, das ihn schüttelte, zu überwinden.

Besonders groß ist die Gefahr des Mißerfolges bei denen, die ihre Rede wörtlich einstudiert haben. Ein so begabter Volksredner wie *Bebel* erzählt davon eine lehrreiche Erfahrung, die er im Januar 1864 bei einer *Schulze-Delitzsch*-Versammlung in Leipzig machte:

»Es war vereinbart worden, daß ich die Versammlung mit einer Begrüßung Schutzes eröffnen und alsdann zum Vorsitzenden gewählt werden sollte. Ich blieb aber mitten in der Eröffnungsrede – die ich *einstudiert* hatte – elend stecken. Mein Temperament war mit meinen Gedanken durchgegangen. Ich hätte vor Scham in den Boden sinken mögen. Das Ende war, daß nicht ich, sondern Dolge zum Vorsitzenden gewählt wurde. Ich gelobte mir jetzt, *nie* mehr eine Rede *einzustudieren* und bin gut damit gefahren.«

Trimborn schreibt im September 1911 an seine Frau über eine große Rede in Düsseldorf: »Da die Rede sehr wichtig war, hatte ich sie bis aufs Wort zu Papier gebracht, solche Reden mißlingen mir immer. Einmal werden sie zu akademisch in ihrem Inhalt, sodann komme ich unwillkürlich zum Ablesen, da ich ein sehr schlechtes Gedächtnis für genaueren Wortlaut habe. Ich sah die Enttäuschung auf allen Gesichtern. – Heut morgen erhielt ich eine Postkarte, worauf mir eine Reihe liberaler Juden schrieb: »Streng vertraulich. Von Ihnen hätten wir etwas anderes erwartet; aber wie haben sie enttäuscht! Sie sind ja gar kein Redner, und was sie vorbrachten, war Quatsch.« Abgesehen vom Quatsch haben die Leute den Eindruck richtig wiedergegeben.«

Dagegen kann es wohl die Befangenheit mildern, wenn man des *Anfangs* seiner Rede ganz sicher ist. Hat man die ersten Sätze ruhig gesprochen und sich dabei in die Lage hineingefunden, so ist die größte Gefahr vorüber.

Allerdings entspringt die Befangenheit auch oft einer Art von Eitelkeit. Der Redner beschäftigt sich zuviel mit seiner eigenen Person: werde ich gefallen? was wird der und der über meine Rede denken? Der einzige Ausgangspunkt, der Kraft und Haltung verleiht, ist die Überzeugung: Es ist notwendig, diese Sache zu vertreten! Das tiefe Bibelwort, daß, wer sich selbst gewinnen will, sich verlieren wird, und nur, wer sich selbst zu verlieren bereit ist, sich gewinnen kann, hat auch auf dem Gebiet der Redekunst seine Bedeutung.

Von der lähmenden Befangenheit verschieden ist natürlich das Gefühl, das wohl jeder Redner kennt, auch wenn er Hunderte von Vorträgen gehalten hat: sein Herz klopft stärker, und er muß sich zusammenraffen, wenn er das Rednerpult betritt. Aber dieses Gefühl ist natürlich, gilt es doch ein gutes Stück Arbeit in freiwillig übernommenem Dienst einer Wahrheit zu verrichten! Es wäre wahrlich ein schlechter Redner, der in einem Augenblick, in dem der Höhepunkt dieses Schaffens einsetzt, nicht eine Erregung durch sich fluten fühlte.

Völlig töricht und gefährlich zugleich ist in dieser Befangenheit der Versuch, sich durch starke geistige Getränke »Mut einzuflößen«. Ein Schluck reinen, kalten Wassers ist viel besser; denn wenn man irgendwann nüchternen Sinn und klaren Blick braucht, ist es während einer Rede.

Während des Vortrages selbst soll man so wenig wie möglich trinken. Empfehlenswert aber ist es für alle Fälle, ein Glas Wasser vor sich stehen zu haben. Man kann dann auch gut einmal, wenn einem der Faden entfallen ist, durch einen langsamen Trunk Zeit gewinnen, um wieder in das rechte Geleise zu kommen. Biertrinken während des Vortrags reizt nur. Ich erlebte es, wie einer der berühmtesten Redner unserer Tage einmal in einem holsteinischen Ort während einer Wahlrede für mich sieben Glas Bier herunterstürzte. Er hat bald die Gefahren solcher Handlungsweise eingesehen und trinkt seit Jahren während des Vortrags nur noch Wasser. –

Im ersten Band seiner »Theatralischen Bibliothek« versprach einst Lessing »ein kleines Werk über die *körperliche* Beredsamkeit vorzulegen, von welchem ich jetzt weiter nichts sagen will, als daß ich mir alle Mühe gegeben habe, die Erlernung derselben ebenso sicher als leicht zu machen.«

Lessing hat dieses Buch nicht geschrieben. Wir meinen, je mehr er sich mit dieser Frage beschäftigt hat, desto mehr hat er eingesehen, daß sie, wenigstens für deutsche Beredsamkeit, nicht zu lösen ist. Ein italienischer *Psychologe* behauptet, daß man die Aufrichtigkeit eines Redners nach seinen Gebärden beurteilen könne. Durch klug gewählte Worte könne er täuschen und Unwahrheiten verdecken. Gebärden aber kämen meist unbewußt und unfreiwillig zustande. Er gibt vor, folgende Erfahrungen gemacht zu haben:

1. »Spielen mit der Uhrkette«: der Redner ist nicht ganz aufrichtig und ist auf seiner Hut.

2. »Hin- und Herwanken des Oberkörpers«: ein vielseitiger Redner voller Geistesgegenwart.

3. »Stets die nämlichen Gebärden«: Der Redner ist mit dem Herzen bei der Sache und aufrichtig.

Ob das bei Volksrednern in Italien zutrifft, bleibe dahingestellt; jedenfalls soll der Redner das Gebärdenspiel nicht gering einschätzen.

Theoretisch ist man über die Haltung leicht im klaren: sie soll nicht zu steif, auch nicht zu unruhig sein, sondern die rechte Mitte halten. Schwerer ist es natürlich, in der Praxis diesen guten Rat zu befolgen. Am leichtesten ist es, wenn man hinter einem Rednerpult sprechen kann. Dann sind Beine und Körper verdeckt, und Arme und Oberkörper sind vor übermäßiger Bewegung bewahrt. Hat man kein Rednerpult, so läßt sich wohl ein kleiner Tisch besorgen, hinter dem man während des Sprechens steht, war auch dieser nicht vorhanden, so habe ich einen Stuhl vor mich gestellt. Da meine Anlage zu großer Lebhaftigkeit neigt, war es für mich immer ein Zwang zu Ruhe, die Lehne dieses Stuhls mit den Händen festzuhalten.

Häßliche Gebärden heben den Eindruck der besten Worte zum guten Teil auf. Als im Jahre 1903 alte sozialdemokratische Führer Erinnerungen an die Gründung des Allgemeinen Deutschen Arbeitervereins vor 40 Jahren erzählten, da hat *Bebel* noch ausdrücklich hervorgehoben, welchen unangenehmen Eindruck es auf ihn gemacht habe, daß *Lassalle* bei seiner großen Leipziger Rede 1863 die Finger in die Armlöcher der Weste gesteckt habe, vierzig ereignisreiche Jahre hatten die Erinnerung an diese unangenehme Stellung nicht auslöschen können.

Die Züge des Gesichts, die Augen müssen zeigen, daß die Worte des vortragenden auch ihm etwas bedeuten. Ein Redner, der mit unbeweglicher Miene und gelangweilter Stimme seine Worte hersagt, kann auch bei seinen Zuhörern nichts anderes als Langeweile erzeugen, selbst wenn die Worte noch so kunstvoll gewählt sind.

Die Aussprache muß klar und deutlich sein. Der Zuhörer darf keine Nachlässigkeit im Ton herausfühlen. Was *Schopenhauer* vom Schreiben sagt, gilt auch vom Sprechen: »wer nachlässig schreibt, legt dadurch zunächst das Bekenntnis ab, daß er selbst seinen Gedanken keinen großen Wert beilegt.«

Auch hier ist der Fleiß mächtiger als die Begabung. Als *Demosthenes* das erstemal vor einer Volksversammlung sprach, mußte er unter dem Unwillen der Versammlung die Rede abbrechen. Ein zweiter Versuch hatte keinen bessern Erfolg. Mit verhülltem Gesicht eilte er nach Hause, um seine Schande zu verbergen. Bitter beklagte er sich gegen den Schauspieler *Satyros* über die Ungerechtigkeit der Hörer, die leichtfertige Redner auszeichneten und seinem Fleiß jede Anerkennung versagten. Doch dieser erwiderte: »Vielleicht finden wir die Ursache, wenn du mir eine Stelle aus einem Drama des Sophokles hersagst.« *Demosthenes* tat es. Dann wiederholte der geübte Schauspieler dieselbe Stelle mit einem Ausdruck, daß Demosthenes glaubte, ganz andere Verse zu hören. Da erkannte er, wieviel auf die Art des Ausdrucks ankomme. Nun begann er seine bekannten Übungen: Um seine Kurzatmigkeit zu überwinden, sagte er oft lange Sätze laut her, während er steile Höhen erstieg; um der

Stimme Kraft zu geben, bestrebte er sich das stürmische Meer zu übertönen; um deutliche Aussprache zu gewinnen, versuchte er, mit Kieselsteinen im Munde vernehmlich zu sprechen; um sich eine häßliche Bewegung der rechten Schulter abzugewöhnen, hängte er ein Schwert an die Decke des Zimmers, unter das er sich während seiner Redeübungen stellte. Die Alten haben hier scheinbar alle Schwierigkeiten gehäuft, um an ihrem gefeiertsten Vorbilde zu zeigen, wie gerade beim Redner der Wille stärker sein kann als alle äußeren Hemmnisse.

Es ist nicht die Aufgabe dieses Büchleins, von der Technik der Atmung, der Stimmbildung, der Lauterzeugung zu sprechen. Darüber gibt es manche gute Hilfsbücher, unter denen auf die treffliche *Geißlersche* »Rhetorik« hingewiesen sei.

Ein gewöhnlicher Fehler des Anfängers besteht dann, daß er zu *laut* spricht. Wenn sich alle Augen erwartungsvoll auf ihn richten, erwächst in ihm, auch im kleineren Kreise, ein gewisses Gefühl der Feierlichkeit, das ihn veranlaßt, seine Stimme laut zu erheben. Das ist unnütze Kraftausgabe, die gefährlich werden kann, weil man nicht weiß, ob bei zu großer Anstrengung nicht die Stimme vorzeitig versagt. Einer überlauten Stimme zuzuhören, strengt an, tut auf die Dauer weh.

Sind die Hörer sicher, den Redner zu verstehen, auch ohne genau aufzupassen, so gestatten sie sich leichter Unruhe und Ablenkung, als wenn des Redners Stimme nur gerade bei gespannter Aufmerksamkeit verstanden werden kann.

Um der Stimme die richtige Stärke zu geben, soll man sich vorher über die Akustik des Vortragssaales unterrichten. Man kann da merkwürdige Erfahrungen machen: Als ich in dem größten Saale Hannovers zum ersten Male sprach, hielt ich nach dem ersten Satze überrascht inne, weil ganz deutlich die letzten drei Worte zum zweiten Male ertönten. Erst nach einiger Zeit lernte ich, was man mir vorher hätte sagen sollen, daß man nach jedem Satze dem unglücklichen Widerhall sein Recht lassen müsse, wenn nicht die ganze Rede unverständlich werden sollte. – In einer alten Erfurter Kirche zeigte man mir die Säule gegen die ich sprechen müsse. Jedes

Ablenken erzeuge ein undeutliches Stimmgewirr – ein Zwang, der leicht lähmen kann.

Auch ein zu *hastiges* Sprechen ist vom Übel. Gerade von den tüchtigsten unter den Zuhörern teilt wohl mancher die Meinung des alten *Matthias Claudius*, der seinen Sohn Johannes ermahnte: »Wo Worte gar so leicht und behende dahinfahren, da sei auf deiner Hut; denn die Pferde, die den Wagen mit Gütern hinter sich haben, gehen langsameren Schrittes.« Und ähnlich urteilt *Bismarck*: »Wenn mir jemand in auffällig gewandter Weise etwas sagt, so erweckt das zunächst in mir das Vorurteil, daß er mir nichts zu sagen hat.« –

Aber auch ein unnatürlich langsames Sprechen muß vermieden werden, wer einfache Dinge feierlich-abgemessen vorträgt, übt bald eine lähmende Wirkung aus. Hier hat auch die Eigenart des Vortragenden ihr Recht. Bei einem jungen Redner verzeiht man auch feurigen Überschwang, ja, man rechnet ihm wohl als Verdienst an, was befremden würde bei einem älteren Redner in verantwortungsvoller Stellung. Im allgemeinen gilt auch für die Redekunst *Hebbels* Wort: »Das Notwendige bringen, aber in der Form des Zufälligen: das ist das Geheimnis.« – Die Rede zeigt die höchste Kunst, die nichts von Redekunst merken läßt, sondern die so einfach und natürlich die Dinge darstellt, als ergäbe sich alles von selbst.

Eins der feinsten Hilfsmittel eindrucksvollen Sprechens ist die richtige Verteilung von Pausen. Mehr als durch eine stärkere Betonung wird z. B. ein Gedanke hervorgehoben durch eine kleine Pause vor ihm. Es ist das allerdings eine Kunst, die vor allem eine vollständige Beherrschung des Stoffs voraussetzt.

Auch der geübte Redner wird hier und da in der freien Rede entdecken, daß er einen *direkten Fehler* gemacht hat. Beim Beginn des Satzes dachte er z. B. an das Zeitwort *loben* und wählte deshalb den *vierten* Fall. Im Eifer des Sprechens aber setzte er an den Schluß das Zeitwort *danken*, so daß der gewählte Fall nun falsch wird. Oder er stellte aus demselben Grunde das Prädikat in die Einzahl, während die Mehrzahl richtig wäre.

Was soll der Redner in solchem Falle tun? *Nichts*!

Es wirkt einfach peinlich, wenn sich der Vortragende unterbricht, um einen Gedanken, der klar ausgedrückt war, zu wiederholen, nur um irgendeinen Formfehler zu verbessern; bei welchen Verbesserungsversuchen dann oft neue Unregelmäßigkeiten den Redner in neue Verlegenheiten setzen. Der verständige Zuhörer möchte dem Redner zurufen: wir glauben Dir ja, daß Du weißt, daß danken den dritten Fall regiert, und daß zwei Subjekte die Mehrzahl bedingen; und wenn Du es nicht weißt, dann ist es uns auch gleichgültig; wir wollen von Dir nicht grammatische Übungen, sondern Gedanken! Weiter!

Der wichtigste Augenblick während des Vortrags ist der, in dem der Redner gleichsam körperlich empfindet, daß die geistige Verbindung mit seinen Zuhörern hergestellt ist. Es ist, als ob ein elektrischer Strom geschlossen würde. Man fühlt, daß die Mehrheit mitgeht, daß man zusammen denkt, zweifelt, verteidigt, angreift. Dann muß man dem Augenblick sein Recht geben. Fühlt der Redner, daß seine Worte Zweifel wecken, so muß er bei dem Gegenstand verharren und ihn noch von anderer Seite beleuchten. Packt ein Gedanke besonders, kann er den Eindruck wohl noch durch ein neues Bild vergrößern.

Ist das Gefühl der geistigen Verbindung mit seinen Hörern in dem Redner etwa bei der Hälfte des Vortrags nicht lebendig, so ist die Gefahr eines verlorenen Abends vorhanden. Dann gilt es: sich zusammenraffen und Willen in seine Worte legen! Wie man das tun kann, ist schwer zu sagen. Ich finde keinen andern Ausdruck dafür: Der Redner muß versuchen, eine Art elektrischer Ströme auszustrahlen, bis die »drahtlose« Verbindung mit den Nervenzentren der Hörer ihm fühlbar wird. Diese Ausgabe feinster Nervenkraft ist es, die den Redner zum Schluß selbst eines nur einstündigen Vortrags oft so erschöpft sein läßt, wie es die Hörer oder Vortragende, die nur »vorlesen«, überhaupt nicht verstehen. Aber auch hier gilt, daß nur, wer das Höchste einsetzt, auch das Höchste gewinnen kann.

Aber selbst bei aller Hingabe ist nicht in jedem Vortrag voller Sieg zu erreichen. Unter den Gründen, die ihn verhindern, steht nach meiner Erfahrung an erster Stelle die Wahl eines ungünstigen Vortragsraums. Eine Äußerlichkeit, eine Kleinigkeit für den Theoretiker, und doch, wieviel hängt im wirklichen Leben gerade von Kleinigkeiten ab!

Ob der Versammlungsraum etwas mehr oder weniger schön ist, darauf kommt wenig an, aber außerordentlich viel darauf, ob er die richtige Größe hat. Wenn hundert Hörer in einem Räume sitzen, der hundert Sitzplätze hat, so ist das natürlich die günstigste Voraussetzung des Erfolges. Wenn dieselben hundert Menschen sich in einem Raum zusammendrängen müssen, der nur für achtzig Menschen bequem ausreichen würde, gestaltet sich die Lage schwieriger; doch ist ein Erfolg auch dann noch möglich. Sitzen die hundert Hörer aber in einem Saal, der für sechshundert Menschen Raum hat, kann man in der Regel den Abend verloren geben. Die Hörer haben das Gefühl, der Vortrag ist nicht so besucht, wie die Veranstalter, die diesen Raum wählten, erwartet haben. Der Vorstand selbst ist unruhig. Fortwährend wendet man sich um, ob nicht noch ein paar Nachzügler kommen. Die Hörer sitzen weit auseinander, irgendeine Stimmung, eine innere Wärme, gleichsam eine Versammlungselektrizität, ist schwer zu erzwingen.

Ein Redner soll stets vor zu großen Sälen warnen, zumal bei der Verkündigung einer neuen Wahrheit der Besuch niemals vorher geschätzt werden kann. Was macht es, wenn selbst wegen Überfüllung einzelne, sogar viele, umkehren müssen? Lieber eine Versammlung wiederholen, als sie untergehen lassen in zu großem Raum.

Auf die Kleidung des Redners legten die Alten so viel wert, daß sie für jede Art Rede die Anlegung besonderer Farben empfahlen. Für uns gibt es nur einen Rat: Nichts an dem Äußeren des Redners darf auffallend sein, weil es die Aufmerksamkeit des Hörers aufsaugt. Ein wehender Schlips, eine Weste von greller Farbe, eine zu dicke Uhrkette usw. sind ebensoviele Gegner Deines Wortes. Auch in einfachen Versammlungen muß die Kleidung zeigen, daß der Redner die Hörer achtet. In Zweifelfällen sei sie deshalb lieber ein wenig zu feierlich als zu nachlässig.

Kann man, so soll man das Trinken und Rauchen auch aus der Volksversammlung ausschließen; nicht nur, weil der Rauch dem Halse und der Lunge des Redners schadet und weil das Geklapper an den Tischen den Eindruck der Worte stört, sondern mehr noch, weil diese Genußmittel gerade die Jugend, auf die wir hoffen, für die wir arbeiten, in ihrem Nervensystem reizen und schädigen. Ich selbst rauche und trinke nicht, gerade auch, um mich fähig zu halten für die hohen Anforderungen, die öffentliches Reden an Körper und Geist dauernd stellt.

III. Von der Vollendung der Redekunst.

Jedes Bestreben, eine Rede so erfolgreich wie möglich zu gestalten, findet seine Grenze in dem Gebot der Wahrhaftigkeit.

Allerdings muß man sich auch davor hüten, aus einem gewissen Wahrheitsfanatismus heraus die schuldige Rücksicht gegen seine Sache und gegen seine Nebenmenschen zu verletzen. Kein Gebot der Religion oder der Ethik zwingt einen Redner, stets alles zu sagen, was er für wahr hält, während natürlich stets alles, was er sagt, seiner Überzeugung entsprechen muß. Es ist eine Pflicht gegen die eigene Sache und gegen den Nächsten, daß man aus dem ganzen Schatz seiner Erkenntnis für den einzelnen Fall die Wahrheiten herausnimmt, die bei gutem Willen am ehesten verstanden werden können. Ihre Erkenntnis wird in vielen Fällen zugleich die erste Stufe zur ganzen Wahrheit bilden. Geradezu ein sittliches Unrecht kann es deshalb sein, an und für sich wahre Behauptungen dort auszusprechen, wo sie in diesem Augenblick doch nicht geklärt werden können und Mißverständnisse, Vorurteile und Widersprüche wecken müssen, was für den starken Mann – den Unterrichteten – heilsam ist, kann für ein Kind – den Unvorbereiteten – oft schädlich sein, und deshalb fordert es gerade das Gebot der Wahrhaftigkeit in seiner feinsten Auffassung, daß man gewissenhaft die Gebiete auswähle, die man in gegebener Stunde vertreten will.

Ich hatte einst in Westdeutschland zwei Vorträge zugesagt: einen einer Kreissynode evangelischer Pfarrer und einen öffentlichen Vortrag in einer Stadt, die als kommunistische Hochburg gilt. Als ich den Stoff zu den Vorträgen ordnete, legte ich nebeneinander den Satz der Bibel(3.Mose 25): »Ihr sollt das Land nicht verkaufen ewiglich, denn die Erde ist mein, spricht der Ewige; Ihr Menschen seid nur Lehnsträger von mir«, und den Satz von *Karl Marx* (»Kapital«): »Die Expropriation der Volksmasse vom Boden bildet die Grundlage der kapitalistischen Produktionsweise.« Wäre es nun »wahr« gewesen, wenn ich vor den Geistlichen mit dem Wort von Marx und vor der radikalen Arbeiterversammlung mit dem Wort der Bibel begonnen hätte? Es wäre eine sittliche Unwahrhaftigkeit gewesen, weil ich auch ehrlichem, suchendem Willen den Weg zur Wahrheit erschwert hätte. Am Schluß meiner Ausführungen konnte ich den einen sagen, daß die uralte Weisheit auch in neuer Form wiederklingt in den modernsten Bestrebungen und umgekehrt, daß das, was als neueste Forderungen verfochten wird, schon aus uralten heiligen Schriften der Menschheit heraustönt.

Eine solche Auffassung von der Wahrheitspflicht des Redners wird namentlich der Jugend nicht immer leicht. Ich entsinne mich eines begabten Studenten, der in einer Besprechung erklärte, er empfinde es als »unwahr«, daß man vor nationalen Studenten die grundlegende Bedeutung der Bodenreform für allen nationalen Aufstieg, vor sozialistischen die grundlegende Bedeutung der Bodenreform für alle kulturelle Emporentwicklung betonen solle. Ich habe dem jungen Eiferer geantwortet, daß niemand von uns wohl hoffen dürfe, sittlich feiner zu empfinden, als der Völkerapostel *Paulus*, der einmal von seiner Beredsamkeit schreibt (1. Corinther 9): »Wiewohl ich frei bin von Jedermann, habe ich doch mich selbst Jedermann zum Knechte gemacht, auf daß ich ihrer viele gewinne. – Den Juden bin ich geworden als ein Jude, auf daß ich die Juden gewinne. Denen, die unter dem Gesetz sind, bin ich geworden als unter dem Gesetz, auf das ich die, so unter dem Gesetze sind, gewinne. – Denen, die ohne Gesetz sind, bin ich als ohne Gesetz geworden, auf daß ich die, so ohne Gesetz sind, gewinne. – Den Schwachen bin ich geworden als ein Schwacher, auf daß ich die Schwachen gewinne. Ich bin Jedermann allerlei geworden, auf daß ich allenthalben ja Etliche selig mache!« –

Allerdings wird der Redner bald erfahren, daß im öffentlichen Leben die Versuchungen sehr groß sind, von der Pflicht der Wahrhaftigkeit abzuweichen. Hören wir einen Zeitgenossen, den in allen Lagern geachteten Landgerichtsrat *W. Kulemann*. Er erzählt in seinen »politischen Erinnerungen"« (1911):

»Ich habe den *demoralisierenden* Einfluß der Politik bei meiner eigenen Tätigkeit empfunden. Will man in einer *Volksversammlung* als Kandidat oder als einfacher Redner Erfolg erzielen, so wird man nicht allein die Angelegenheit, um die es sich handelt, in *einer Weise* darstellen, die auf die Zuhörer günstig wirkt und geeignet ist, ihnen den eigenen Standpunkt sympathisch erscheinen zu lassen, sondern man wird auch in erster Linie solche Themata behandeln, bei denen man den Interessen und Stimmungen der Wähler möglichst entgegenkommt. Das ist schon an sich eine *innere Unwahrhaftigkeit.*

Aber ist schon das nicht ganz leicht zu rechtfertigen, so tritt dieser Punkt doch weit zurück gegen einen zweiten, der auf ganz anderm Gebiete liegt. Den *Gegner* als einen Menschen zu behandeln, dessen Ansichten freilich falsch sind, aber sich doch von einem gewissen Gesichtspunkte aus verstehen lassen und jedenfalls subjektiv ehrlich gemeint sind, das wird selten nützlich sein; denn die Wähler lieben eine gewisse drastische Redeweise, und werden mehr begeistert, wenn man ihnen die Gegenpartei in den schwärzesten Farben schildert und auffordert, in dem Kampfe zwischen Gut und Böse, zwischen Licht und Finsternis auf die erstere Seite zu treten. Das hat zur Folge, daß man auch selbst unwillkürlich das Verständnis für die relative Berechtigung des gegnerischen Standpunktes verliert; man wird einseitig und ungerecht, kurz, man entwickelt sich Schritt für Schritt zu einem Menschen, bei dem das Gefühl für Recht und Wahrheit sich vermindert.

Immerhin, wer nichts weiter täte, als das hier Geschilderte, würde noch mit Recht als ein politischer Tugendheld erscheinen. Schlimmer wird es, wenn die Konflikte zwischen der *eigenen Überzeugung* und dem *Parteiinteresse* sich geltend machen, und wenn man vor die Wahl zwischen beiden gestellt ist. Da erscheint dann die »Taktik« als das Erlösungswort. »Taktische« Erwägungen erheben den Anspruch, daß sie »jenseits von Gut und Böse« stehen. Bei ihnen wird deshalb die Ethik von vornherein ausgeschaltet. Wollte man etwas scharf pointieren, so könnte man vielleicht sagen: *Taktik ist die politische Unehrlichkeit*, eingehüllt in die Toga der staatsmannischen Weisheit und Erfahrung.«

Den tiefsten Grund für diese Schwierigkeiten, die jeder Redner klar erkennen muß, zeigt Goethe im 14. Buche von »Dichtung und Wahrheit«, wo er von seinem Zusammentreffen mit *Lavater* und *Basedow* berichtet. Beide Männer, der geistliche und der weltliche Reformator, wirkten für die von ihnen als groß erkannten Ziele: »Indem ich nun beide beobachtete, ja, ihnen frei heraus meine Meinung gestand und die ihrige dagegen vernahm, so wurde der Gedanke rege, daß freilich der vorzügliche Mensch das Göttliche, das in ihm ist, auch außer sich verbreiten möchte. Dann aber trifft er auf die rohe Welt, und um auf sie zu wirken, muß er sich ihr gleichstellen. Hierdurch aber vergibt er jenen hohen Vorzügen gar sehr, und am Ende begibt er sich ihrer ganz. Das Himmlische, Ewige, wird in den Körper irdischer Absichten eingesenkt und zu vergänglichen Schicksalen mit fortgerissen.« – Je klarer man die Gefahren erkennt, um so eher kann man ihnen wirkungsvoll begegnen. Um ihretwillen aber den Kampf überhaupt nicht beginnen oder »vorsichtig« aufgeben, hieße auf jeden Kulturfortschritt von vornherein verzichten!

Was vom Inhalt, gilt natürlich auch von der Form. Es ist ein Zeichen von Unreife, wenn man glaubt, daß man nur dann wahrhaftig sein kann, wenn man rücksichtslos ist. Ein so feiner Menschenkenner wie *Benjamin Franklin* schildert den entgegengesetzten Weg: »Ich behielt die Gewohnheit bei, mich mit bescheidenem Mißtrauen zu äußern, so daß ich, wenn ich etwas behauptete, was wohl noch bestritten werden konnte, nie die Worte »gewiß«, »unstreitig« oder andere derart gebrauchte, sondern lieber sagte: »Ich denke oder fürchte, die Sache verhält sich so«; oder »ich würde aus den und den Gründen das nicht folgern«, usw. Diese Gewohnheit ist mir, wie ich glaube, von großem Nutzen gewesen, wo ich Gelegenheit hatte, meine Meinungen einzuschärfen und Maßregeln zu empfehlen, die ich habe fordern müssen. Und da der Hauptzweck des Gesprächs ist, zu belehren und belehrt zu werden, zu gefallen oder zu überreden, so wünsche ich, wohlmeinende und verständige Männer möchten ihre Macht, Gutes zu fördern, nie durch rücksichtsloses Absprechen verwirken, was fast immer mißfällt, Widerstand erregt und die meisten Zwecke vereitelt, zu denen uns die Sprache verliehen ist."

Wie die gleichen Tatsachen verschiedenen Ausdruck und deshalb auch verschiedene Wirkung finden können, zeigen ein paar lehrreiche Erzählungen der Alten:

Der Kalif *Harun Alraschid* träumte einst, er hätte sämtliche Zähne verloren. Er ließ den Traum seinen beiden weisesten Magiern mitteilen. Nach den Gesetzen der Traumdeutung konnte kein Zweifel bestehen.

Der erste Traumdeuter begann wehklagend: »Großer Herrscher! Schlimmes muß ich Dir melden! Jeder Zahn, den Du verloren hast, bedeutet den Tod eines Deiner Lieben. Du wirst sie alle dahinwelken und sterben sehen, und keiner wird bei Dir bleiben.«

Da ergrimmte der Kalif und ließ diesem Magier hundert Stockschläge aufzählen.

Der zweite Traumdeuter rief frohlockend: »Gutes habe ich Dir zu deuten, o Herr! Allah hat in seiner Weisheit und Güte beschlossen, Dein Leben unserm Volke länger zu erhalten als allen andern um Deinen Thron.«

Da freute sich der Kalif und ließ diesem Magier 100 Goldstücke auszahlen. –

Ein Philosoph im höchsten Greisenalter sprach einst mit seinem Lieblingsschüler über die Pflicht, der Wahrheit stets die mildeste Form zu geben. Während des Gesprächs erstiegen sie einen hohen Turm. Auf halbem Wege versagten dem Greise die Kräfte. Er mußte sich in einer Nische ermattet niedersetzen.

Jüngere Leute aus der Stadt kamen an ihnen vorüber.

Der erste spottete: »Siehst Du, so geht's, wenn man sich zuviel zumutet, wie konntest Du auch nur so unverständig, sein und hoffen, in Deinem Alter noch diesen Turm zu ersteigen.«

Ein zweiter lachte: »Wie, Du mußt hier schon aussetzen? Da sieh mich an, wie leicht und behende ich noch den Turm besteige.«

Ein dritter aber sagte: »Wirklich, bis hierher bist Du noch gekommen? Wie rüstig Du bei Deinem Alter doch noch bist! Wie weise mußt Du gelebt haben, daß Du Dich so stark erhalten hast.«

»Siehe«, wandte sich der Philosoph zu seinem Schüler, »sprachen nicht alle dieselbe Wahrheit aus? Der erste benutzte sie, um wehe zu tun; der zweite, um sich zu erheben, und nur der dritte tat mit ihr Gutes, indem er einem alten Mann eine Freundlichkeit erwies.« –

Ein Gebot der Wahrhaftigkeit, das, so schwer es auch ist, (vgl. Kulemann S. 79) gewissenhafte Beachtung erheischt, fordert, die Ziele und Beweggründe unserer Gegner zutreffend darzustellen. Es ist ein gewöhnlicher Kunstgriff rednerischer Söldlinge und Fanatiker, von den Gegnern ein Zerrbild zu entwerfen, das man dann schmunzelnd dem Abscheu seiner Zuhörer preisgibt. Diese Unwahrhaftigkeit ermöglicht zwar Augenblickssiege, vergiftet aber unser öffentliches Leben in gefährlicher Weise. Dasselbe gilt auch von der Aussprache mit einem Gegner. Unritterlich handelt, wer einen ungeschickten Ausdruck benutzt, um ein falsches Bild der gegnerischen Absichten zu entwerfen. Man soll vielmehr dort, wo man ehrliche Überzeugung findet, auch dem Gegner freundlich entgegenkommen und soll ihm helfen, seine Einwendungen sachlich zu formulieren und sie dann mit ihm vor der Versammlung durchdenken. Nur da, wo uns aufgeblasener Hochmut mit der Miene selbstgefälliger Überlegenheit oder offenbar bezahltes Klopffechtertum entgegentritt, sind auch Worte des Spottes und des Zornes am Platze.

Allerdings darf man auch nicht Takt und pädagogische Weisheit mit Leisetreterei und Feigheit verwechseln. Man verurteilt seine eigene Arbeit sonst leicht zur Unfruchtbarkeit. Ich entsinne mich eines lehrreichen Nachmittags in Danzig. Am Abend sollte ich das erste Mal in dieser Stadt über Bodenreform reden. Unsere Anhänger besprachen den voraussichtlichen Verlauf dieser Versammlung. Manche rieten, sehr vorsichtig zu sein, unsere Grundsätze zurücktreten zu lassen, und nur unsere nächsten Tagesförderungen zu betonen. Da erklärte sich der alte, vielerfahrene Geheimrat *Gibsone*, der Leiter der großen Abbegg-Stiftung, bestimmt dagegen: was wollen, was können wir im besten Fall erreichen? Ein paar Menschen gewinnen, die mit uns die Wahrheit der Bodenreform planmäßig weiter verbreiten! Was werden das für Menschen sein? Doch ausschließlich solche voll Selbständigkeit und starkem Willen. Die Durchschnittsmenschen kommen erst, wenn eine Bewegung weiter ist. Die Menschen aber, die wir allein brauchen können, bezwingen wir nur durch große Gedanken. Die wollen fühlen, daß die Bodenreform wirklich wert ist, für sie Zeit und Kraft und Opfer zu bringen! –

Feigheit und Leisetreterei betrügen sich selbst. Diejenigen, die sich in ihren selbstischen Interessen bedroht fühlen, erkennen doch sofort die Gefahr und werden in jedem Fall erbitterte Gegner. Aber die Hilfe derer, auf die man bei offener Entfaltung seiner Fahne rechnen könnte, gewinnt man nicht.

So maßvoll man stets auch in der Form bleiben soll, so sehr man gerade um der Wahrheit willen in jedem Einzelfall gewissenhaft individualisieren muß – in der Sache selbst darf es kein Schwanken und verschleiern, kein Zögern und kein Zurückweichen geben.

In diesem Zusammenhang sei auch eine Mahnung *Goethes* erwähnt, die zunächst befremdet, aber doch eine feine psychologische Erkenntnis umschließt: »Wer vor andern lange allein spricht, ohne den Zuhörern zu schmeicheln, erregt Widerwillen.«

Was soll das heißen? Die Schmeichelei im Tone mancher Redner, die ihre Anhänger als die einzigen gebildeten, ehrlichen, fast möchte man sagen, »normalen« Menschen hinzustellen belieben, kommt natürlich für ernste Vertreter einer Wahrheit nicht in Betracht. Wohl aber soll jeder Redner die Hörer herausfühlen lassen, daß er für sie spricht, für sie da ist, auf sie wirken möchte. Manche Redner sprechen so teilnahmlos, als wenn sie zu den leeren Wänden ihres Zimmers sprächen, und als ob die Menschen vor ihnen mit ihren Hoffnungen und Lebensbedingungen sie gar nichts angingen. Ein solcher Redner erregt natürlich Widerwillen.

Ja, man soll noch weiter gehen, man soll es die Zuhörer fühlen lassen, daß man bei ihnen in jedem Fall guten Willen und ernstes Streben voraussetzt, daß man bereit ist, die Fragen des Abends mit ihnen ernsthaft durchzuarbeiten.

Carl Schurz erzählt in seinen Lebenserinnerungen aus seiner stürmischen Jugend am Rhein: »Ich brachte von dieser Versammlung eine wichtige Erfahrung mit mir nach Hause: daß, wer ein Führer oder Lehrer des Volkes sein will, seine Zuhörer mit Achtung behandeln muß; daß selbst der überlegenste Geist an Einfluß auf andere verlieren wird, wenn er diese durch fortwährende Demonstrationen seiner Überlegenheit zu demütigen sucht.«

Ein »Schmeicheln« im vornehmen Sinne zeigt eine Rede *Henry Georges*, des großen angelsächsischen Bodenreformers, in seinem letzten Wahlkampfe um den Bürgermeisterposten von Groß-Neuyork. In einer Versammlung von 1200 Arbeitern wurde er von dem Vorsitzenden als ein Mann vorgestellt, der stets die besonderen Interessen der Arbeiter vertreten habe. *Henry George* aber begann:

»Ich habe nie beansprucht, ein besonderer Freund des Arbeiters zu heißen. Auch jetzt beanspruche ich es nicht!«

Totenstille trat ein.

»Ich habe nie besondere Arbeiterinteressen vertreten und werde sie nie vertreten.«

Lautlose Stille.

Henry George schritt die Bühne ab und, sich an die Versammlung wendend, rief er: »Ich trete ein für die Rechte aller Menschen – für gleiche Rechte für alle. Laßt uns hinfort keine Sonderrechte mehr fordern, weder für Kapitalisten, noch für Arbeiter!«

Die Menge brach in Jubel aus. –

Und auch ich möchte den Lesern dieses Büchleins »schmeicheln«, indem ich es zwar für selbstverständlich halte, daß sie diese »Ratschläge« zur Redekunst mit selbständiger Prüfung, aber doch wohlwollend aufnehmen und sich, trotz aller Einwendungen im einzelnen, durch sie anregen lassen, auch wirklich in die Arbeit für das Wohl der Volksgesamtheit einzutreten!

Von *Cicero* erzählt man, daß nach seinem Vortrag die Römer des Lobes voll gewesen seien über den geistreichen Redner und die formvollendete Rede. Von *Demosthenes* aber sagt man, daß nach seinem Auftreten die Athener weder von dem Redner noch von der Rede gesprochen hätten, sondern daß nur der eine Ruf erklungen sei: Krieg gegen Makedonien!

Der eine Redner befriedigte Verstand und Gefühl, der andere weckte den Willen zur Tat.

Es mag viele Gelegenheiten geben, bei denen der Erfolg erster Art genügen kann; aber das Höchste bleibt doch stets die Beredsamkeit der zweiten Art – zumal in unserem Volk, in unserer Zeit, in der so Hohes auf dem Spiele steht!

Wenn die Mächte, die die Grundlagen unseres Volkslebens zu verderben drohen, mit ihren Mitteln in der Lage sind, auch auf dem Gebiete der Redekunst sich gewandte Parteigänger in Menge für Geld oder Tagesruhm zu kaufen, dann kommt es für die ehrlichen

Freunde unseres Volkes darauf an, glattem Wort und kluger Mache Besseres und Stärkeres entgegen zu setzen: das ist die Redekunst, die Willen weckt!

Mehr als bewußte Gegner gilt es zu überwinden: das, was *Schiller* Wallenstein erkennen läßt als den gefährlichsten Feind:

»Nicht, was lebendig kraftvoll sich verkündigt,
Ist das gefährlich Furchtbare. Das ganz
Gemeine ist's, das *ewig Gestrige*,
Das morgen gilt, weil's heute hat gegolten!«

Die Träger dieser verderblichen Macht sind die Gleichgültigen, die Unentschiedenen, die »vornehm« Neutralbleibenden. *Dante* hat in seiner »Hölle« die endlosen Scharen jener Elenden geschildert, jenes »Jammervolk, das ohne Schimpf und ohne Lob gelebt«, – gemischt mit jenen feigen Engeln, die bei der Empörung des Satans nicht Gott treu blieben und nicht zum Satan standen, sondern »neutral!« sein wollten. Sie sind vom Himmel ausgestoßen, und auch die Hölle nimmt sie nicht auf. Von eklen Würmern werden die immerdar gequält – »die auf das Große aus Feigheit einst Verzicht geleistet, die jämmerlichen, die niemals wirklich gelebt haben«. Die Zahl dieser Elenden, die eine Quelle der Fäulnis sind für sich selbst und für die Gesamtheit, immer mehr zu verringern, läßt Dante »Dienst an Gottes Heilplan« sein. Auch Du sollst durch Deine Redekunst dazu helfen!

»Ich kann nun einmal nicht reden«, das ist oft genug ein fauler und feiger Vorwand, der eigentlich nichts anderes bedeutet als das Geständnis: Ich habe keine große Sache, für die mein Herz höher schlägt, für die ich meine Person einzusetzen bereit bin! Man spreche mit einem solchen Menschen über eine Gehalts- oder Lohnfrage oder über Verbesserungen seiner geschäftlichen Verhältnisse oder über seinen Gesundheitszustand oder über irgendeine Frage, die ihn wirklich berührt, und man wird staunend sehen, welche Redekunst er zu entfalten vermag.

»Ich kann nicht reden«, das ist häufig auch der Ausdruck der müden Blasiertheit jener Söhne einer Überkultur, deren ganze Kraft sich in Zweifel und Kritik ausgibt. In der »Walpurgisnacht« hat *Goethe* diesen unglücklichen, in unserer Zeit besonders zahlreichen Typus geschildert:

»Wir waschen, und blank sind wir ganz und gar – aber auch ewig unfruchtbar!«

»Wer schaffen will, muß fröhlich sein!" wer erfolgreich reden will, muß sich eine gesunde und starke Freudigkeit bewahren. Gewiß ist auf der Welt nichts ganz vollkommen, und auch was unsere besten Reden erreichen können, wird im günstigsten Fall nur einen kleinen Schritt vorwärts und aufwärts bedeuten. Neue Aufgaben erwachsen aus jedem Fortschritt. Nun wohl, dienen wir unsrer Zeit, und überlassen wir künftigen Geschlechtern die Lösung ihrer Aufgaben! Seinem Volke in freier Rede zu dienen, ist nicht das Vorrecht einiger weniger besonders Begabter; es ist die Pflicht aller, die sich nach Erkenntnis einer großen Wahrheit nicht mit flüchtigen, bequemen Gefühlsaufwallungen begnügen, sondern entschlossene Arbeit für sie einsetzen.

Ein so erfahrener Menschenkenner wie *Benjamin Franklin* erklärte: »Auch ein nur mit mäßigen geistigen Gaben ausgestatteter Mann vermag *wichtige* Veränderungen zu bewirken und *Großes* durchzuführen, wenn er alle bloßen Vergnügungen und Ablenkungen gering achtet, und der Ausführung seines Planes auch wirklich die Hauptkraft seines Lebens widmet.«

Wahre Berufung zum Redner scheidet sich vom Schein namentlich beim Mißerfolg. Er bleibt keinem erspart. Auch das beste Wort aus tiefstem Herzen kann wirkungslos verklingen, wie der beste Same von treuster Hand auf unfruchtbarem Boden verderben muß.

Annette von Droste-Hülshoff hat in einem ihrer ergreifendsten Gedichte einen machtvollen Kanzelredner geschildert, bei der es der Dichterin war, »als hör' sie ferne Donner rollen«. Doch ...

»Neben mir im Chore,
Ein Fräulein gähnte leise hinterm Flore,
Ein Fahnenjunker blätterte im Buch!
Und abends im Theater sprach der Knabe,

Der achtzehnjähr'ge Fähnrich: Heute habe
Ich einen guten Redner doch gehört!«

Friedrich List, der heut gefeiert wird als einer der ersten, wenn
nicht als der allererste unter den deutschen Nationalökonomen,
mußte es erleben, daß 1844 der deutsche Forstmänner- und Land-
wirtetag in München ihn einen seiner Vorträge, der neue unbequeme Gedanken brachte, überhaupt nicht vollenden ließ.

Unter meinen verlorenen Vortragsabenden ist mir eine Versammlung im Gewerkverein der Fabrik- und Handarbeiter Berlin *I* besonders deutlich in der Erinnerung. Ich gab im Vortrag, was ich
geben konnte, und doch folgte ihm eisiges Schweigen. Nach kurzer
peinlicher Stille erhob sich jemand aus der Mitte der Versammlung
und schlug eine Entschließung vor, in der die Versammlung es
entrüstet ablehnte, meinen Ausführungen zuzustimmen! Und ohne
jede Aussprache wurde diese Entschließung *einstimmig* angenom-
men. –

Natürlich war das ein Stück geschickt vorbereiteter Mache verbis-
sener Gegner. Aber auf dem Heimwege durch die kalte Winternacht
stieg in mir doch ein Gefühl der Bitterkeit auf. Es war nicht nur der
verlorene Abend – ich wußte: dieselbe Presse, die alle Erfolge ver-
schwieg, feiert morgen triumphierend diese »Volksstimme als Got-
tesstimme«. – Und waren es nicht diese Leute, für die ich zuletzt
doch den ganzen Kampf um die Bodenreform, d. h. um gesunde
Wohnungen und gerechten Lohn führte? Waren es nicht sie, um
derentwillen ich auf einen Platz bei den Parteigrößen verzichtet
hatte, der mir wohl zugänglich gewesen wäre, wenn ich hübsch
»brav« die unbequeme Frage der Bodenreform hätte auf sich beru-
hen lassen?

Aber bald schüttelte ich diesen Gedanken ab, und ich fragte mich:
Vielleicht hätte Dein Vortrag noch vorsichtiger die Mißverständnisse und Vorurteile berücksichtigen können, die von *Max Hirsch* in
den Gewerkvereinen geweckt waren – gewiß Du hättest es besser
machen können!

Und zuletzt bist Du doch nicht ins öffentliche Leben gegangen,
um Erfolge zu erringen, sondern um Deine Pflicht zu erfüllen!

»Nicht das Wort des Redners, noch die Kunst seiner Stimme verdient Ehren«, sagt *Demosthenes*, »sondern daß er gleiche Bestrebungen hat wie *sein Volk*, und dieselben Gegenstände des Hasses und der Liebe wie sein Vaterland!«

Es gibt einen Segensspruch eines unbekannten Mönches um 1400. Ihm sollte auch heute noch jeder Redner sich beugen: » *Mögest Du die Gnade der großen Dinge erfahren!*«

Wer das Reden auffaßt als einen Dienst an seinem Volke; wer im Bewußtsein dieses Dienstes auf seinem Posten aushält, auch wenn müde Stunden heraufkriechen: dem wird die Beredsamkeit mehr als eine Kunst, dem wird sie eine Tugend!

Solche Redekunst wird auf die Dauer allem Eitlen, Falschen und Feilen gegenüber auch Herzen und Köpfe der Menschen gewinnen. Auch ihre Jünger werden erfahren, was *Eichendorff* den Dichtern verheißt, »die's ehrlich meinen«:

> »Viel Wunderkraft ist in dem Worte,
> Das hell aus reinem Herzen bricht!«

Eine Tat wird eine Rede im Volke, wenn sie vorher eine Tat im Herzen des Redners gewesen ist.

Ihre Macht im Gegensatz zu der künstlichen Häufung glatter Worte schildert »Faust«:

> Wenn Ihr's nicht fühlt, Ihr werdet's nicht erjagen,
> Wenn es nicht aus der Seele dringt
> Und mit urkräftigem Behagen
> Die Herzen aller Hörer zwingt.
> Sitzt Ihr nur immer, leimt zusammen,
> Braut ein Ragout von andrer Schmaus,
> Und blast die kümmerlichen Flammen
> Aus Eurem Aschenhäufchen raus!
> Bewunderung von Kindern oder Affen,
> Wenn Euch danach der Gaumen steht –
> Doch werdet Ihr nie Herz zu Herzen schaffen,
> Wenn es Euch nicht von Herzen geht."

Was *Fichte* in seinen »Reden an die deutsche Nation« von der Ursache des Sieges der Germanen über die Römer sagt, gilt auch von allen Kämpfen geistiger Art:

»Diese (die Cherusker) und alle andern in der Weltgeschichte, die ihres Sinnes waren, haben gesiegt, weil das Ewige sie begeisterte, und so siegt immer und notwendig diese Begeisterung über den, der nicht begeistert ist.«

Und dieselbe Mahnung und Verheißung darf man auch durch das große Wort des ersten Korintherbriefes hindurchklingen hören:

»Wenn ich mit Menschen- und mit Engelzungen redete und hätte der Liebe nicht, so wäre ich ein tönend Erz oder eine klingende 5chelle!«

»Ich glaube, darum rede ich,« sagt der Apostelfürst. Das ist zuletzt aller wahren Rhetorik A und O, das Herz zu erfüllen mit Glauben, Liebe und Hoffnung an das, was groß und gut ist, damit wir an dem Tag, an dem uns zu wirken gegeben ist, unsere Pflicht zu erfüllen vermögen.

Wir glauben; darum wollen wir reden!

Über tredition

Eigenes Buch veröffentlichen

tredition wurde 2006 in Hamburg gegründet und hat seither mehrere tausend Buchtitel veröffentlicht. Autoren veröffentlichen in wenigen leichten Schritten gedruckte Bücher, e-Books und audio-Books. tredition hat das Ziel, die beste und fairste Veröffentlichungsmöglichkeit für Autoren zu bieten.

tredition wurde mit der Erkenntnis gegründet, dass nur etwa jedes 200. bei Verlagen eingereichte Manuskript veröffentlicht wird. Dabei hat jedes Buch seinen Markt, also seine Leser. tredition sorgt dafür, dass für jedes Buch die Leserschaft auch erreicht wird.

Im einzigartigen Literatur-Netzwerk von tredition bieten zahlreiche Literatur-Partner (das sind Lektoren, Übersetzer, Hörbuchsprecher und Illustratoren) ihre Dienstleistung an, um Manuskripte zu verbessern oder die Vielfalt zu erhöhen. Autoren vereinbaren direkt mit den Literatur-Partnern die Konditionen ihrer Zusammenarbeit und partizipieren gemeinsam am Erfolg des Buches.

Das gesamte Verlagsprogramm von tredition ist bei allen stationären Buchhandlungen und Online-Buchhändlern wie z. B. Amazon erhältlich. e-Books stehen bei den führenden Online-Portalen (z. B. iBookstore von Apple oder Kindle von Amazon) zum Verkauf.

Einfach leicht ein Buch veröffentlichen: **www.tredition.de**

Eigene Buchreihe oder eigenen Verlag gründen

Seit 2009 bietet tredition sein Verlagskonzept auch als sogenanntes "White-Label" an. Das bedeutet, dass andere Unternehmen, Institutionen und Personen risikofrei und unkompliziert selbst zum Herausgeber von Büchern und Buchreihen unter eigener Marke werden können. tredition übernimmt dabei das komplette Herstellungs- und Distributionsrisiko.

Zahlreiche Zeitschriften-, Zeitungs- und Buchverlage, Universitäten, Forschungseinrichtungen u.v.m. nutzen diese Dienstleistung von tredition, um unter eigener Marke ohne Risiko Bücher zu verlegen.

Alle Informationen im Internet: **www.tredition.de/fuer-verlage**

tredition wurde mit mehreren Innovationspreisen ausgezeichnet, u. a. mit dem Webfuture Award und dem Innovationspreis der Buch Digitale.

tredition ist Mitglied im Börsenverein des Deutschen Buchhandels.

Dieses Werk elektronisch lesen

Dieses Werk ist Teil der Gutenberg-DE Edition DVD. Diese enthält das komplette Archiv des Projekt Gutenberg-DE. Die DVD ist im Internet erhältlich auf **http://gutenbergshop.abc.de**